커피와 크라상

KB034437

야만이 빚어낸
최고의 문화상품

커피와 크라상

박장호

프롤로그(Prologue)

나는 28살에 처음으로 비행기를 타고 해외에 나간 경험이 있다. 공직에 입문한 후 해운항만청에 근무할 때 UN 연수생으로 벨기에 안트베르펜(Antwerpen)에 한 달 동안 머무른 적이 있었는데 그때 충격이 컸다. 영어로 진행되는 강연의 50% 정도만 들리는 듯 마는 듯했는데, 아프리카나 필리핀 출신들도 자기 의견이나 질문을 자유롭게 말하는 것에 무척 놀랐고, 안 들리는 나머지 50%의 영어를 알아듣는 척하는 것도 내겐 힘든 상황이었다.

고국에서는 다들 경사 났다고 했는데!

그 이후 미국 유학을 하고 파리 OECD 본부에서도 근무를 했지만 영어는 항상 나를 위축되게 만들었다. 영어가 들리는 경우에도 눈으로는 보이는 서구 문화의 내면을 이해하고 상황에 맞는 맥락에서 반응하는 것은 너무나 힘들었다. 항상 수세적이고 전전긍긍했으며 따라가기에 급급했다.

안트베르펜(Antwerpen)에서의 한 달 이후 거의 10년이 지나 늦깎이로 35세에 미국 유학길에 올라 '미주리'라는 미국의 전형적인 시골마을에서 3년을 살면서 경제학을 공부했다. 40대에는 OECD 본부로 파견 나가 근무하면서 세계의 수도라는 파리에서 2년을 살며 파리의 뒷골목도 알게 되었다.

국무총리실에서 마지막 2년은 우리나라의 해외 원조를 총괄하는 실무국장으로서 가장 가난하다는 아프리카와 남미까지 출장을 가서 왜 가난한지, 어떻게 도와주는 것이 가장 나을지를 탐색하기도 했다.

세월이 흐르면서 바깥 세계에 대한 이해도 조금씩 깊어졌다. 늦게 알게 된 것에 대해서는 항상 만시지탄(晚時之歎)의 아쉬움이 남는다. 그래서 내가 20대에 알았더라면 훨씬 더 좋았을 것이라고 생각되는 것들을 나름대로 모아서 간략하게나마 정리했다.

내가 수세적이고 눈치를 살피며 세계를 다녔다면 새로운 세대는 이 책을 읽고 좀 더 적극적이고 공세적인 마인드로 세계를 누볐으면 하는 마음이다.

2019 여름 박장호

야만이 빚어낸
최고의 문화상품

커피와 크라상

콘티넨털 브렉퍼스트

(Continental Breakfast: 세계에서 가장 정치적인 식사)

1

2007년에 나는 프랑스 파리에 본부를 두고 있는 OECD에서 근무를 하게 되었다. 화려하고 낭만이 가득한 파리는 영어가 잘 통하지 않는 도시여서 일상생활에서 많은 불편을 느끼고 있었다. 여행으로 온 파리와 가족과 같이 삶을 영위하는 파리는 너무나 다른 도시였다. 대충 영어로 버티다 안 되겠다 싶어서 OECD에서 직원들을 위해 개설한 프랑스어 강좌를 수강했다. 영어도 토종 한국인이 하기에는 발음도 완전 다르고 어순과 문법이 달라 쉽지는 않지만 프랑스어는 훨씬 더 어려운 언어였다. 동사와 형용사의 변화가 영어나 독일어와는 상대가 되지 않을 정도로 복잡하여 스트레스를 받던 중이었다.

같이 수강하던 OECD 직원과 우연히 레스토랑에서 만나게 되었는데 그 친구가 나한테 물었다.

"한국에서 왔지?"

"그래. 그런데 내가 한국에서 온줄 어떻게 알았니? 보통은 일본이나 중국인들과 구별이 잘 안 된다고 하던데?"

"수업에 올 때나 지금 레스토랑에 올 때도 간혹 네가 구두의 뒤축을 구겨 신고 다니는 걸 본 적이 있는데, 그렇게 하는 사람은 터키 사람하고 한국인들밖에 없어!"

어! 이건 무슨 말일까? 고등학교 시절에 운동화 뒤를 구겨 신고 다니면 불량학생으로 간주되어 간혹 혼나는 것을 보아 왔고, 또 신발이 쉽게 망가져 구겨 신는 경우가 거의 없었다. 파리에 와서는 자유로운 분위기에 사무실용으로 여벌로 신고 다니는 구두를 마련해 둔 터라 구두 뒤축을 맘대로 구겨 신는 일탈도 해 보고 또 그것이 주는 편리함에 나도 모르게 신발을 구겨 신고 다니는 경우가 간혹 있었다. 그런데 이 외국인이 이걸 알고 있었다니?

"그럼 너는 터키 사람이니?"

"응, 나는 차가타이 텔리(Chagatay Telly)라고 하고 '차가타이'는 칭기즈칸의 아들이라는 뜻이야."

나에게 터키 친구가 생기는 순간이었다.

동병상련이라고 같은 처지의 만남이라 급격히 가까워졌고 역사에 해박한 친구라 무척이나 재미있었다. 그는 간혹 터키가 오스만 투르크의 후예이며, 세계를 제패했던 과거의 영광을 얘기했다. 1차 세계대전에서 패한 이후 서구 열강이 강제 분할한 중동 지역 오스만제국의 영토에 관해 이야기할 때는 비분강개하기도 했는데 이 때문인지 그는 서구 열강과 그 문화에 대해서 강점도 인정하면서 비판적인 의식도 상당했다.

나에게 유럽을 보는 새로운 시각을 보여 준 친구였다. 차가타이에 따르면 유럽인들은 아직도 오스만 투르크를 겁내고 증오한다고 했다. 그리고 그 문화가 녹아든 사례가 우리가 간혹 먹는 서양식 조찬이라고도 불리는 콘티넨털 브렉퍼스트라고 했다. 왜 그럴까?

우리가 해외에서 머무르는 호텔은 보통 아침 식사, 즉 조식이 포함되어 있는 경우가 많다. 객지에 나가서 아침을 하는 식당을 찾기도 힘들고 호텔은 또 손님들의 그런 사정을 알아서 아침 식사를 제공하면서 호텔 숙박료에 그 비용을 포함하여 자기들도 수입을 올리는 1석 2조의 효과를 노리는 경우가 대부분이다.

동양의 호텔에서는 조식이 뷔페식으로 나오는 경우도 많지만 서양 호텔들은 뷔페를 제공하기보다는 주로 간단한 아침 식사, 즉 콘티넨털 브렉퍼스트라 불리는 식사를 제공하는 경우가 대부분이다.

유럽은 봉건 시대의 각 성을 중심으로 주요 도시가 발달하여 왔다. 사람들이 많이 몰리는 주요 도시에 지어진 호텔은 일단 땅 값이 비싸기 때문에 프랑스 파리 같은 경우를 보면, 아시아나 아프리카 대도시의 호텔과 달리 가격은 비싼데도 호텔방들이 매우 작은 편이다. 사성급(4 star) 이상의 호텔을 가더라도 가격은 비싸고 방은 작기 때문에 보통 출장을 가면 2 star나 3 star 호텔에 머무르는데 일반적으로 1층이나 지하층에 투숙객을 위해 조그만 식당을 운영한다.

이 조그만 식당들은 별다른 메뉴 없이 콘티넨털 브렉퍼스트를 제공하는 경우가 일반적이다. 콘티넨털(Continental)은 대륙이라는 뜻이고 브렉퍼스트(Breakfast)는 아침이니 '대륙식 아침'이라고 번역할 수 있는데 기본적으로 커피와 빵이 나온다. 여기에 간혹 과일과 요구르트나 시리얼에 우유가 제공되기도 하지만 기본적으로는 파리 크라상이라는 빵과 커피가 콘티넨털 브렉퍼스트의 핵심이라고 보면 된다.

—

전형적인 콘티넨털 브렉퍼스트, 커피와 크라상.

그러면 왜 이 식사가 세계에서 가장 정치적인 식사라고 불릴까?

세계사에서 가장 중요한 사건 가운데 하나는 십자군전쟁(1096년~1272년 동안 행해진 8차례의 전쟁)으로 불리는 유럽 기독교 문명과 아랍 이슬람 문명의 충돌이다. 이 전쟁으로 유럽과 이슬람은 서로 잔인한 살육을 하기도 했고 전쟁 중에 문명이 서로에게 전달되기도 했다.

유럽 문명의 원조라고 할 수 있는 로마제국의 문화는 처음에는 그리스의 여러 신을 믿는 다신교 문화였다. 태양의 신 제우스, 미의 여신 비너스, 바다의 신 포세이돈, 사랑의 신 큐피드 등 우리에게 친숙한 신들을 믿었다. 로마 황제는 이런 신들의 대리인이었고 왕권은 신이 부여한 권한이었다. 그런데 이스라엘의 유대인들은 이를 전적으로 부인하고 자신들이 믿는 여호와만이 유일한 신이고 나머지는 우상이라고 주장하였다.

로마 황제와 관헌들은 유대인들을 처형하기도 하고 노예로 삼기도 하고 간혹 똑똑한 유대인들은 자기 집에 하인 겸 경리담당 집사로 쓰기도 하였다. 예수 그리스도가 로마에 의해 처형된 후 그의 제자 12명이 포교한 종교는 유대인들만의 부족 종교였던 유대교를 벗어나 그리스도교가 되어 로마제국 곳곳에 스며들기 시작한다.

교세가 확대되고 지배계층에도 기독교가 널리 퍼지자 로마 황제 콘스탄티누스대제는 기독교에 대한 박해를 멈추고 A.D. 313년에 '밀라노 칙령'으로 기독교를 공인하게 된다. 이후 기독교는 로마의 국교가 되어

로마제국이 정복한 식민 지역에도 전파된다. 전쟁을 통해 계속 영토가 넓어지자 통치의 효율성을 위하여 제국을 동·서로 나누어 동로마와 서로마제국으로 분리한다. 지금의 이탈리아 로마에 근거를 둔 서로마보다 동로마 황제가 제국을 대표하는 지위였는데 당시 물산이 더 풍부한 지금의 터키 이스탄불에 수도를 정하고 콘스탄티누스 황제가 옮긴 수도라는 뜻에서 콘스탄티노플이라 명명했다.

황제가 박해를 멈추고 기독교를 공인하고 국교로 인정한 것이니 당시에는 로마 황제가 동·서로마교회의 수장인 교황을 임명하는 권력 관계였다. 이탈리아 로마를 근거로 한 서로마제국은 사치와 향락으로 국운이 기울면서 A.D. 476년 지금의 독일인 게르만족에게 망해 버린다. 로마제국이 망하고 게르만족이 점령했으면 망한 국가의 종교도 없어지고 게르만족의 종교가 득세하는 것이 일반적인 역사이다. 그런데 워낙 찬란한 문명을 가진 로마에 오직 전투 능력만 가진 야만적인 게르만족이다 보니 어찌어찌 서로마교회는 살아남아 게르만족에게도 기독교를 포교하는 데 성공한다.

이후 서유럽은 기독교 국가들이 되고 로마제국이 인정한 국교, 로마 가톨릭이 유럽과 중세를 지배한다. 서로마는 망했지만 동로마는 로마제국의 원조 국가로 남아 기독교를 신봉하면서 동쪽 이슬람 세력인 오스만 투르크와 대치하게 된다. 그 접점에 로마 콘스탄티누스대제가 건설한 콘스탄티노플이 있고 교회들이 있었다.

로마, 콘스탄티노플 그리고 이스탄불

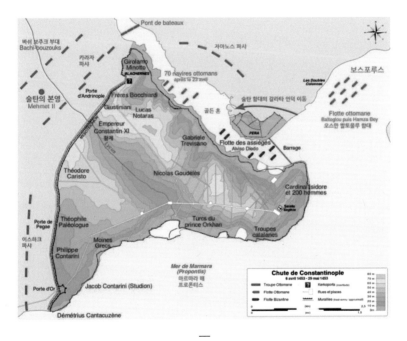

터키와 콘스탄티노플 사이의 바다가 보스포루스해협이고 골든혼에 쇠사슬을 걸어 적 함선의 진입을 막고 있었다. 오스만 투르크군은 기상천외하게도 70척의 배를 육지에 레일을 깔아 옮기고 헝가리인 우르반(Urban)이 발명한 최신 대포로 성을 함락시켰다. 이를 기록한 터키 영화 「정복자 1453」(Fetih 1453, 2015년 개봉)도 있다.

또한 천 년 간 인플레이션 없이 화폐 가치가 일정하게 유지되었던 동로마제국의 금화도 있었다. 유럽 쪽 터키 지역의 이스탄불과 아시아 쪽 터키 본토 사이에는 보스포루스해협이라는 가늘고 긴 해협이 있어 흑해로 통하는 관문 역할을 하고 있는데 당시 동로마는 지금의 이스탄불(당시 콘스탄티노플)에 철옹성을 형성하고 성벽 앞은 보스포루스해협이라는 천혜의 수중 방어막으로 이슬람 세력을 막아내고 있었다.

한편 중동 지역에는 마호메트에 의해 이슬람교가 창시되고 전파된 이후, 15세기경에는 우리나라 역사에는 돌궐족으로 등장하는 투르크 세력이 이슬람의 맹주가 되어 중앙아시아와 북부아프리카를 장악한다. 고구려가 망한 이후 발해를 건국한 고구려 유민 세력은 돌궐족과 연합하여 국가를 통치했었는데 이중 서돌궐족 세력이 남하하여 투르크족으로 발전한다.

중동과 중앙아시아 지역을 장악한 오스만 투르크 세력은 지정학적으로 유럽과 중국 사이에 위치하면서 중계무역을 하기도 하였지만 본질적으로는 아시아의 비단과 후추 등 향신료가 거래되던 실크로드를 가로막고 통과세(Gate fee)를 받고 있었다. 투르크 세력은 군사적 공격도 하고 종교적으로 이슬람화를 추진하면서 기독교 세력인 유럽과 대치 상태를 유지한 채 끊임없이 유럽정복을 노리게 된다.

오스만 투르크의 마호메트 2세(1451년-1481년 재위)는 치밀한 사전 준비를 마치고 1453년 동로마의 수도 콘스탄티노플을 공격한다. 보스포루

마호메트 2세의 콘스탄티노플 입성. 장 콘스탄트(Jean Constant) 作, 1876, 프랑스 툴루즈 소재.
철옹성 콘스탄티노플의 성곽을 부수고 특공친위대 예니체리를 대동하고 들어서는 마호메트 2세 뒤
로 초승달 깃발이 펄럭이고 있다.

스해협이라는 바다가 앞을 방어해 주고 뒤에는 산이 있기 때문에 난 공불락이라고 여겨졌던 콘스탄티노플은 뒤로 돌아 들어온 투르크 세력에 성이 점령당하고 당시의 로마 황제 콘스탄티누스 11세(1449년-1453년 재위)도 전사한다.

지금도 전쟁은 참혹하지만 당시에는 더 참혹했었던 것 같다. 전쟁에 참여한 병사들에게 기본적으로 3일간 마음껏 살육하고 점령지의 재산을 노획품으로 가질 권리가 오스만 투르크군에게는 보장되어 있었다. 유럽인이 얼마나 두려웠을 것이며, 증오가 차오르지 않았을까?

1529년에는 투르크군이 오스트리아 빈을 공격한 후 탐색전 정도만 하고 물러났다. 그 이후 이슬람 세력과 유럽 기독교 세력 간에 모두 13차례 정도의 크고 작은 전쟁이 있었는데 가장 주목할 전쟁은 1683년 15만 명의 오스만 투르크군이 빈을 포위한 사건이다.

당시 이슬람 대군에 겁을 먹은 오스트리아 레오폴드 황제는 먼저 피해 버리고 성 안의 군사들과 오스트리아인들은 결사항전을 결의한다. 전쟁에 패하면 어차피 다 죽을 것이니 싸우다 죽자는 결의가 나온 것이다. 기독교도가 투르크군의 머리를 베어 성 밖으로 던지면 투르크군도 오스트리아 포로의 머리를 베어 던지는 악에 받친 전투가 계속 이어졌다.

그때 성 안의 제빵사(비타벤더라고 알려지고 있음)가 밤에 전투식량용 빵을 만들고 있다가 땅에서 쿵쿵거리는 소리를 들었다. 제빵사가 영민했던지 위로 성을 공격하면서 투르크군이 성 밑으로 땅굴을 파고 있다

유럽인을 포로로 잡아가는 투르크 병사.
손님으로 모셔 가는 것이 아닌 게 분명하다.

—

1530년, 오스만 투르크와 이탈리아 베네치아와의 전쟁중 숲에서 생긴 일.
오토만 엠파이어 기록화.

야만이 빚어낸 최고의 문화상품

는 사실을 알아차리게 된다. 그리고 바로 전쟁 사령관에 보고가 되고 빈에서는 기독교 세력의 수장인 로마 교황에게 이슬람 세력을 물리칠 원군을 보내달라는 요청을 필사적으로 전달한다. 당시 교황 이노켄티우스 11세는 빈이 무너지면 그 이후 방어막이 없어 기독교 세력 전체가 이슬람에 유린당하게 되는 것을 우려하게 된다.

교황은 유럽의 각 국가와 영주에게 신성한 기독교 국가를 보호하기 위해 오스트리아 빈을 도우라며 신의 이름으로 파병을 독려한다. 이중 기독교정신이 충만하고 이미 투르크에게 땅을 빼앗겨 원한이 사무쳐 있던 폴란드군이 투르크의 후미를 밤에 기습하게 된다. 대규모 기독교 지원군이 온 것으로 착각한 투르크군은 혼비백산하여 전군 후퇴하면서 웬만한 것들은 버리고 몸만 챙겨 도망을 가게 된다.

다음 날 대승을 거둔 기독교 세력은 투르크군이 버리고 간 물건들 중에서 커피콩 자루를 발견하게 된다. 이교도들이자 적들인 이슬람 세력이 이 시커먼 음료를 마시면서 우리를 죽이러 왔다고 생각한 기독교 세력은 처음에는 커피를 '악마의 음료'라고 생각하여 마시지 않았다. 교황에게 노획한 커피를 바치고 어떻게 할 것인지 물었을 때 마침 교황이 미식가였던지 맛이 괜찮다고 마셔도 된다는 사인을 보낸다. 커피가 유럽에 공식적으로 전파되는 순간이었다.

이로써 아프리카 에티오피아에서 양치기 목동 칼디(Kaldi)가 염소들이 먹고 흥분하는 열매를 처음 발견한 후, 이슬람교도가 심야기도나 새벽기도도 총명한 상태로 할 수 있게 각성제 역할을 해 주던 커피가 유럽에 대규모로 수출되는 계기가 되고 오스트리아에서는 비엔나커피도 탄생하게 된다.

오스만 투르크를 물리친 오스트리아 사람들은 중요 정보를 제때 제공한 제빵사를 성을 구한 영웅으로 숭배했고 제빵사는 오스만 투르크에 대한 적개심을 담아 투르크 국기 모양을 본뜬 빵을 만들어 살아남은 성의 사람들에게 나누어 주었다. 이 빵은 내 가족과 동족이자 기독교인을 죽인 원수인 투르크를 씹어 먹는 이미지를 형상화 한 것이다.

오스만 투르크의 후신인 터키의 국기를 보면 초승달과 별이 심벌로 되어 있는데 이는 마호메트가 알라의 계시를 받은 새벽에 초승달과 별이 빛나고 있었다고 하여 그 성스러운 상황을 이미지화 한 것이다.

영어 크레센트(Crescent)는 라틴어에서 유래한 것으로 초승달이라는 뜻인데 오스트리아 빈의 성을 구한 제빵사가 처음 제작한 이 빵은 이슬람을 씹어 먹는다는 통렬함에 곧 빈 전체에 퍼졌고 프랑스어 크라상(Croissant)이라는 이름의 빵으로 등장한다.

그러면 지금 세계적으로 유명한 파리 크라상(Paris Croissant) 빵은 어떻게 생겨났을까?

마리 앙투아네트(Marie Antoinette, 1755~1793)는 "빵이 없으면 케이크를 먹어라!"는 말을 하여 프랑스 혁명을 촉발하게 만든 루이 16세의 왕비로 우리에게 잘 알려진 여인이다. 마리 앙투아네트는 당시 유럽 최

—
위 터키 국기, 아래 크라상.
서로 닮은 것 맞지?

고 강대국이던 오스트리아의 공주로 태어났으며 당시에는 빈보다 조금 촌스럽던 파리로 시집와 프랑스의 왕비로 살면서 약간의 무료함과 고향을 그리워하는 향수병에 걸리게 된다. 왕비는 빈에서 자기가 즐겨 먹던 크라상을 먹고 싶은 욕구가 생겼고 궁정의 제빵사들에게 명령하여 오스트리아 크라상을 만들라고 지시했다.

프랑스인은 기질상 콧대가 높고 남의 것을 모방하여 더 발전시키는 데 능한 편이다. 프랑스 제빵사들도 오스트리아 크라상을 직수입하지 않고 그 원료와 성분을 분석한 후 이스트를 첨가하여 빵을 부풀리고 모양도 멋있게 하여 지금의 파리 크라상을 만들어 왕비에게 진상했고 이것이 프랑스 궁정을 중심으로 서민에게도 퍼져 나가게 된다.

현재의 우리들은 그냥 별다른 느낌이 없이 커피와 크라상을 자주 먹는다. 유럽 출장 시에는 출장비 사정상 유럽의 대도시 조그만 호텔에 머물며 콘티넨털 브렉퍼스트를 먹는다. 그런데 내 친구 차가타이는 절대 파리 크라상을 먹지 않는다고 한다. 터키 사람들 모두 다 파리 크라상을 먹지 않느냐는 물음에는 각자의 개성과 철학에 따라 먹기도 하고 안 먹기도 한다고 한다. 지금의 오스트리아 사람들이나 유럽인들도 그 의미를 음미하면서 콘티넨털 브렉퍼스트를 먹지는 않을 것 같다. 하지만 재미있는 일이다. 음식 속에 이런 역사가 숨 쉬고 있으니!

좌(左)빵 우(右)물

2

해외여행을 하는 경우 점심은 보통 중저가로 맥도날드 같은 데서 간단히 해결하고 저녁은 현지 음식점을 찾아가거나 김치가 나오는 한국식 식당을 찾아가는 경우가 많다.

서로 친한 네다섯 명 정도가 모여서 저녁 식사를 하는 경우 별로 헷갈릴 이유는 없지만 아주 격식이 있는 비즈니스를 겸한 저녁 식사에 초대를 받았거나, 결혼식 같은 데서 양식이 나오는 경우에는 아주 우스운 일들이 생길 수 있다.

보통 10명 정도가 둘러앉는 라운드 테이블에 접시와 포크 등 양식으로 세팅되어 있는 경우 그냥 자리에 앉는 것까지는 아무 문제가 없는데 메인 접시 좌우에 빵과 물이 10개 정도 돌아가면서 세팅되어 있으면 어느 잔의 물이 내 물인지 헷갈리는 경우가 종종 있다.

특히 우리나라의 경우 결혼식 피로연에 국수가 나오는 시절은 사라진 지 한참이나 지났고, 양식으로 나오는데 큰 테이블에 빵과 물이 돌아가면서 세팅되어 있는 경우가 많다. 우리나라 결혼식이라면 혹 남의 물을 마시더라도 서로 말이 통하고 큰 실례가 아니니 바로 복구가 가능하지만 외국에서는 약간 격식을 갖춘 만찬이라면 상당히 민망한 느낌이 들 수가 있다.

동양인이라면 누구나 헷갈릴 수 있는 상황인데, 내가 의자에 앉았을 때 왼쪽의 빵, 오른쪽의 물이 내 것이다. 외우기 편하게 좌(左)빵우(右)물, 어떤 사람들은 '좌빵우수'라고 외우고 있는 사람들도 있다. 그러면 일단은 그 식사 자리가 영국 여왕이 호스트 하는 자리라 하여도 크게 실수하거나 당황할 일은 거의 없어진다. 보통은 오른쪽에 마시는 물과 와인이 제공된다.

미국 사람들이 자기 자녀들에게 '좌빵우수'를 가르치는 것을 본 적이 있다. 왼손과 오른손의 엄지와 검지를 동그랗게 말아 쥐면 OK 사인과 비슷한 모양이 되는데 왼쪽 O.K. 사인을 보면 bread의 'b' 자처럼 보인다. 오른쪽 손을 보면 'd' 자처럼 보여 drink를 놓는 자리라는 것이다.

서울에서 만난 외국인은 자기 자녀들에게 BMW라고 빵과 물자리를 가르치는 것을 본 적이 있는데 M을 가운데 두고 왼쪽 B는 Bread, 오른쪽 W는 Wine이라는 것이다. 서양이나 동양이나 자식들이 실수하지 않고 잘 살았으면 하는 바람은 다 똑 같다.

—

좌 bread, 우 drink.
외국인들도 열심히 배운다.

유럽의 경우 저녁에 좀 수준 높은 음식점에 가면 오른쪽에 마시는 물잔보다는 약간 큰 그릇에 물이 담겨 있는 경우가 있는데 이것은 마시라는 물이 아니라 손을 씻는 데 사용하라는 물이다. 게나 랍스터, 굴 같은 것을 까 먹을 때 손에 묻어 찜찜한 경우나 만약의 경우 손을 씻고 싶을 때 사용하라는 것이다. 물론 간혹 마시는 사고가 일어나기도 한다.

사실인지는 모르나 19세기에 전쟁에 참여했다 돌아온 노병들을 위로히기 위한 만찬 행사가 영국 여왕 주관으로 열렸다고 한다. 장교 출신이 아닌 일반 사병으로 전쟁에 참여한 베테랑들을 위로하기 위한 모임이었으니 군복도 낡고 행색도 화려하지 않은 병사들이 많았는데, 노병 중 한 명이 마시는 물인 줄 알고 손 씻는 물을 마셨다고 한다.

영국 귀족이나 고급 장교들이 그 물에 손을 씻을 경우 노병이 우스갯거리가 될 것을 염려한 영국 여왕이 자기도 손 씻는 용도의 물을 마시고, 이를 본 귀족과 장교들도 덩달아 같이 마시고⋯. 뭐 이런 해피엔딩이 있었다는 소소한 기록을 본 적이 있다.

이 에피소드가 정확한 사실인지 그냥 지어낸 동화 속 이야기인지는 나의 역량으로 고증할 수는 없다. 그런데 이런 일은 실제로 능히 일어날 수 있는 일이다.

내가 파리에서 일식집에 갔을 때에 굴이 나오는 집이었는데 급히 가느라 목이 말라 시원해 보이는 물 잔의 물부터 마신 적이 있다. 프랑스의 물은 석회수가 많이 섞여 있어 수돗물은 잘 안 마시던 때였는데, 화장실에서 받았을지도 모르는 물인데⋯. 개인적으로는 민망한 실수지만, 원효 스님의 고사에 위로를 받으며 견뎌낼 수 있었다.

식탁에서 손을 씻는 문화는 동양에는 거의 없어 동양권에서는 이런 실수가 잘 일어나지 않는다. 하지만 서양에서는 귀족으로 태어나 어릴 때부터 제대로 된 교육을 받지 않으면 누구나 이런 실수를 할 수 있고, 어떤 경우에는 이런 사소한 실수가 큰 낭패로 연결될 수도 있다고 본다. 여왕이 성격이 좋아 해피엔딩이지 동서양을 막론하고 전제 군주들 중 성격이 좋은 사람이 몇 명이나 있었을까?

서양에서 약간 격식을 차린 식사는 전식, 본식, 후식이라는 순서로 서빙이 되는데 아침이나 점심을 이렇게 다 차려먹는 일은 거의 없다. 일단 시간이 많이 걸리고 돈도 많이 든다. 출근하기도 바쁜데 언제 전식, 본식, 후식을 먹을 것이며 바쁜 와중에 점심도 샌드위치와 커피로 때우는 것이 오히려 더 자연스러운 일이다.

그래도 간혹 초청을 받을 경우를 대비하여 약간 알아보자. 본식이라는 것이 스테이크나 생선 같은 메인 요리를 먹는 것이고, 전식은 본식을 맛있게 먹기 위해 샐러드 같은 것으로 입맛을 돋우며 먹을 준비를 하는 것이다. 다 먹고 대화도 하면서 디저트를 먹는 것이 후식인데 전식, 본식, 후식에 무엇을 먹을 것인가는 메뉴판을 보고 결정하고 자신이 없으면 호스트를 따라 하면 사실은 큰 실수가 없다.

이 와중에 전식에 어울리는 와인, 본식에는 백포도주냐 적포도주냐를 외우고 다니는 분들도 간혹 있다. 또 어떤 사람은 후식으로 디저트 와인을 마셔야 하고, 그 종류를 공부하는 분들도 있는데 각자 취향대로 하는 게 어떨까?

친구 중 한 명이 미국 뉴욕에서 유학하던 중에 프랑스 레스토랑에서 풀코스로 정통 프렌치스타일을 대접받은 적이 있다고 한다. 식사 시간이 세 시간이나 걸렸고 나중에는 할 말도 없어져 저녁을 먹는 것인지 고문을 당하는 것인지 모를 지경이었다고 하는데 유학생활 중 제일 힘든 때였다고 한다.

초대장을 받았는데
R.S.V.P.는 무슨 뜻일까?

3

해외 근무를 하거나 우리나라에서 사회생활을 하다 보면 약간 특별한 행사가 열리는 격식 있는 자리에 초대를 받는 경우가 가끔 있다. 초대장을 이메일로 받기도 하고 양피지 느낌이 나는 두꺼운 종이에 펜글씨로 씌어져 한껏 멋을 부린 초대장을 받는 경우도 있다.

초대장에 시간과 장소 그리고 나를 초대하는 내용까지는 알겠는데 초대장 끝에 있는 'R.S.V.P.'라는 글자는 무슨 뜻일까?

이는 'Répondez s'il vous plaît!'라는 프랑스어를 줄여서 쓴 것으로 영어로 표현하자면 'Respond if you like!'라는 뜻이다. 네가 초청했으니 내가 가면 되는 것이고, 갑자기 일이 생기면 못갈 수도 있는 것인데, 왜 올지 못 올지 답신하라는 것일까? 그리고 영어로 쓰면 되지 왜 프랑스어로 쓰는 것일까?

서구의 이런 스타일에 맞춰서 요즘은 우리나라에도 공식 초청장에 'R.S.V.P.'라는 문구가 많이 보인다. 국제 컨퍼런스도 많이 열리니 그 초청장에도 보이고, 최근에는 국방부 의장대 사열식의 초청장에도 쓰여 있는 걸 보았다. 우리나라의 결혼식 청첩장이나 친구들끼리 하는 파티의 초대장에도 마지막 줄에는 'R.S.V.P.'라고 이탤릭체로 멋있게 흘려 써서 보낸다.

초대장을 종이 편지에 써서 보낸다는 것은 상당히 수준 높은 모임에 정중히 초청하는 격식을 갖춘 것이다. 지나가는 말로 이야기하는 것도 아니고, 전화로 나는 전했으니 네가 기억해서 오든가 말든가 하라는 것은 더욱 아니다. 문서에 일시와 장소를 적어서 보낸다는 것은 정성이 많이 들어간 것이다.

과거 중세 시절이라면 이런 초청장을 받지 않은 사람은 들어오지 말라는 뜻이다. 심하게 이야기하면 초대장 없이도 들어오겠다는 불청객은 각설이패들이거나 파티를 망치겠다는 불한당들이거나 아니면 다른 가문이나 적국의 첩자일 수도 있는 것이다.

초대를 받은 사람도 초청장을 보낸 사람을 보아 갈지 말지를 결정한다. 유럽이 한창 전쟁을 벌이던 시절에는 초청장을 보내고 함정을 파거나 독살을 하는 경우가 많아 항상 가짜 초대장인지의 여부도 확인하고 안전조치도 염두에 두면서 초대에 응했다. 야만이 사라지고 문명화된 현대에는 그럴 일이야 없겠지만 구설에 오를 모임인지 아닌지는 잘 판단해 볼 필요가 있다.

모임을 준비하는 호스트 입장에서는 행사를 성공적으로 치르기 위해서 여러 가지를 신경 쓴다. 서로 사이가 좋지 않은 사람들끼리는 자리를 같이 붙여 놓을 필요도 없고, 주요 인물들은 Head Table이라는 곳으로 따로 자리를 마련하는 의전을 할 필요도 있다.

무엇보다 음식을 준비하면서 음식의 종류나 양을 정하려면 누가 오고 누가 오지 않을 것인지 알아야 한다. 그렇지 않으면 행사 준비가 상당히 힘들어진다. 그래서 참석할 것인지 참석하지 않을 것인지를 가급적 빨리 알려 달라는 것이 'R.S.V.P.'라는 말의 뜻이다. 문자나 카톡을 보냈는데 답신이 오지 않는다면 준비하는 사람의 입장에서는 얼마나 답답하고 무시당하는 느낌이 들까? 의도적으로 호스트를 괴롭히려는 마음이 있는 것이 아니라면 음식을 씹어야지 문자를 씹을 것은 아니다.

초대장을 보낸 호스트나 모임의 총무 역할을 하는 사람은 항상 'R.S.V.P.'를 기대한다. 만약 온다고 예약을 해 놓고도 안 나타나면 어떻게 될까? 보통의 경우 사전에 공지를 하고 사과도 하면 한두 번 정도는 넘어갈 수 있다. 하지만 그런 일이 몇 번 더 반복되면 신뢰할 수 없는 사람이 되거나 또는 양치기소년 비슷하게 평가되어 평판이 나빠진다. 대충 살아가는 아사리판이라면 그래도 별 문제가 없을 수도 있으나 조금 수준 높은 그룹에서 평판이 나빠진다는 것은 금전적 손실보다 더 큰일일 수도 있다.

요즘은 우리나라에서도 어떤 식당은 예약을 해 놓고도 오지 않을

야만이 빚어낸 최고의 문화상품

때 페널티를 매기는 사람들이 있다. 네가 온다고 예약을 했고 이는 'R.S.V.P.'를 내가 요청하지 않았어도 요청한 것과 다름없는 일인데 갑자기 약속을 지키지 못해서 손해를 보았으니 그 비용을 물어내라는 뜻이다. No Show Charge (노 쇼 차지)라고 한다. Show Up 한다고 해 놓고 오지 않았으니(No Show), 그에 상응하는 벌금이나 보상을 하라는 뜻이다. 우리나라 정서에는 그다지 맞지 않는 말이다. 옛날에는 손님이 원하면 공기밥 추가분은 그냥 공짜로도 줬는데 갑자기 일이 생겨 못 왔는데 먹지도 않은 음식에 돈을 내라니 이런 야박한 놈들이 어디 있느냐고 생각하는 게 중론이다. 현대 시장경제에서는 땅 파서 장사하는 사람은 없을 것이고 이미 투입된 매몰비용(Sunk Cost)에 대해서는 보상을 받으려고 드는 경향이 점점 많아지고 있다.

예를 들어 비행기 항공권을 예매해 놓고 취소할 때 날짜가 임박해지면 일정 부분을 떼고 원금을 환불해 주는 경우나, 여행 패키지 상품도 한 달 전에 취소한 것과 하루 전에 취소한 것의 수수료가 서로 다른 것을 보면 시대를 거스르기는 점점 어려워 질 것 같다.

그런데 왜 'R.S.V.P.'는 영어로 쓰거나 한국말로 쓰지 않고 프랑스어로 써서 헷갈리게 하는 것인가?

지금은 세계 패권 국가가 된 미국의 원조는 영국이다. 영국에서 살기가 여의치 않아서 미국으로 이민 간 사람들이 대부분이니 대륙개척이라는 거창한 용어를 쓰지 않더라도 본국 영국에 대한 로망이 강했고 문화적으로는 영국을 의지했다. 영국은 로마가 점령하기 전에는 여러 게르만 민족 중에서 앵글족과 색슨족이 들어와서 살고 있는 상대적으로 미개한 지역이었고, 로마의 점령으로 문명의 등불이 켜진 나라이다. 1066년에 영국의 왕위 계승을 둘러싸고 프랑스 노르망디의 공작인 '기욤(Guillaume)'이라는 사람이 헤이스팅스 전투에서 영국군을 무찌르고 새로운 영국의 왕(정복자 윌리엄, William The Conqueror)으로 등극한다.

이후 영국은 약 100여 년 동안 프랑스의 직접통치를 받았다. 그래서 영국 왕실이나 귀족, 사교계에서는 프랑스어가 상류층의 필수 언어로 자리 잡게 된다. 그러니 'Respond if you like!'보다는 'Repondez s'il vous plait!'라는 프랑스어가 훨씬 멋있고 격에 맞는 표현이 되는 것이다.

이후 역사는 또 변하여 프랑스를 누르고 세계를 제패한 대영제국의 언어와 문화는 전 세계로 퍼지게 된다. 영어 속에 이미 녹아 들어간 프랑스어도 같이 전 세계인의 언어 속에 용해되어 'R.S.V.P.'는 전 세계의 초대장 속에 지금도 상용되고 있는 것이다.

YOU ARE CORDIALLY

Invited

TO ATTEND A PARTY

SATURDAY, JULY 16th

AT

EIGHT O'CLOCK IN THE EVENING

→ PARKER'S PLACE ←

RSVP by May 12th

—

7월 16일 파커스 플레이스에서 하는 파티에 초청받았으니,
5월 12일까지 'RSVP'하라고 한다.

얼마나 대단한 파티기에 두 달 전에
참석 여부를 확정하라고 할까?

Dress Code는 알겠는데 파티에
검은 넥타이(Black tie)를 매고 오라고?

4

모임이나 행사에 어떤 복장으로 참석하는가 하는 것은 시간에 맞게 가는 것만큼 중요한 일이다. 파도 넘실대는 한여름의 해운대 백사장을 양복정장으로 어슬렁거리는 것이나, 공식행사에 해운대에서 수영하던 수영복 패션으로 등장하는 것은 둘 다 아주 이상하게 보이는 행동들이다.

내가 근무했던 OECD는 간혹 각국의 전문가들을 초청하여 특정 주제에 발표를 맡기는 경우가 있다. 나중에 알게 되었지만 전문가의 수준을 OECD 관계자들이 자체적으로 평가하여 강의료 없이 발표 기회만 주는 경우부터, 하루당 2천 유로(당시 한화 기준으로 약 3백만 원 정도)를 주는 사람, 호텔 비용과 왕복 비행기 값만 부담해 주는 사람 등 전문가라는 사람들의 수준에 맞춰 아주 차별적으로 대접하는 것

야만이 빚어낸 최고의 문화상품

을 보았다.

나는 당시에 OECD 내 세계 각국 정부의 규제정책을 분석하는 파트에 근무하고 있었는데 한국 사례가 관심을 끌면서 OECD에서 한국인 전문가를 규제개혁사례 발표자로 선정한 적이 있었다.

어느 날 나도 약간 안면이 있는 사람이 연사로 초청되어 있었고 반갑기도 한 마음과 국위선양이라는 마음도 들어 잘해 줄 만반의 준비를 하고 있었는데 문제는 이분이 20분이나 늦게 나타난 것이다. 파워포인트로 프레젠테이션 준비를 하려면 USB로 연결해 시연도 해 보고 심호흡도 해야 영어가 술술 풀릴 텐데 일단 늦어 버리는 바람에 눈인사할 겨를도 없고 모든 게 허둥지둥인 상황이 되었다. 여기에 한술 더 뜬 것은 이 행정학박사라는 전문가가 아주 산뜻하게 청바지에 운동화 차림이었다.

정장에 넥타이 차림으로 앉은 각국 대표들에게서 내리 꽂히는 시선에 그분도 당황하여 한국의 모범사례(Best Practice)를 차분하게 발표하기 힘들었지만, 아직 뿌리도 제대로 내리지 못한 나도 도와주기가 적절치 않은 상황이 되고 말았다.

그분은 왜 청바지차림으로 OECD 본부의 컨퍼런스룸에 사례발표를 하러 오셨을까?

미국 유학을 한 사람들은 미국 동부와 서부의 학풍을 이야기한다. 캘리포니아가 중심인 미국 서부는 교수와 학생을 캠퍼스에서 구분하기가 쉽지 않다. 대충 반바지에 티셔츠차림이다. 미국 동부는 주로 갖

취진 복장으로 학교를 다니는 사람들이 많다. 뉴욕을 중심으로 한 동부는 영국이나 유럽의 선구자들이 이민하여 유럽 문명을 닮으려고 노력한 분위기이고, 미주리를 기점으로 시작된 서부개척시대에 서부에 터를 잡은 사람들은 미국 동부에서 못 가진 기회를 잡으려고 인디언과 전쟁하며 농지를 개척해 간 사람들이니 영국풍의 유럽 문화 같은 것을 논할 상황이 아니었다. 더욱이 중국인 등 아시아계 이민과 멕시코 계통의 이민자들이 많아지면서 동부와는 전혀 다른 리버럴한 문화가 형성된 것이다.

그래서 미국이나 유럽은 공식이든 비공식이든 주최자들이 행사의 성격에 맞게 초청장에 'R.S.V.P.' 외에도 어떻게 옷을 입고 오면 좋을지 Dress Code를 따로 명시해 놓는다. 그중에서도 가장 정장으로 화려하고 멋있게 입고 오라는 것이 Black tie이다. 장례식장에 문상 가듯 까만 넥타이를 매고 가서는 절대 안 되는 것이다.

그러면 Dress Code는 한 가지만 있을까? 아니면 상황과 격에 따라 통용되는 여러 가지가 있을까? 내가 아는 한 서양식 드레스 코드는 대략 6개 정도로 범주화 될 수 있다.

먼저 가장 화려하고 정중하게 차려입는 것은 White tie(화이트 타이)인데 영화에서 나오는 19세기쯤 유럽 왕실의 사교 파티 행사에 걸맞은 의상으로 연상하면 될 것 같다. 남성들의 경우 일단 하얀색 셔츠에 꼬리가 길게 늘어지는 화려한 검정색 연미복을 차려입는다. 간혹 장갑

을 끼기도 하며 손목시계 대신 금줄이나 은줄이 달린 회중시계를 찬
다. 기다란 넥타이가 아닌 목에만 딱 걸치는 나비넥타이(bow tie)를 하
고 머리에는 멋있는 모자를 쓴다.

남성의 이 정도 차림에 맞는 여성의 차림은 어떤 것일까? 우리가 영
화에서 보는 것처럼 최고로 화려한 차림이라고 보면 될 것 같다. 멋진
올림머리(Updo Style)에 화려한 깃털 장식 모자를 쓰고 흰 장갑을 낀다.
군인이거나 전쟁영웅인 경우 예복으로 쓰이는 군복에 온갖 휘장과 훈
장을 주렁주렁 달고 있는 모습의 영국 왕실 예복이 White tie를 제일
정확히 보여 준다고 볼 수 있다. 만일 영국 왕실의 공식 파티 행사에
초대를 받았는데 White tie라는 드레스 코드를 보고 흰색 바지에 흰
색 윗옷과 흰 넥타이 차림으로 간다면 영국 역사에 찬란하게 기록될
확률이 높은 것이다.

그런데 21세기 현대 사회에서 이런 복장의 파티가 가능할까? 아마
도 시종이 있고, 귀족과 평민의 구분이 아직 남아있는 영국 왕실, 벨
기에, 스웨덴 왕실의 행사가 아니면 White tie를 Dress Code로 지정
하여 초대장을 보내는 경우는 거의 없을 것이다.

그래서 일반적으로 가장 포멀(Formal)하고 화려한 정장의 드레스 코
드는 Black tie(블랙 타이)이다. 이 차림새는 007 영화의 제임스 본드가
모나코에서 열리는 화려한 이브닝 파티에 본드걸과 같이 등장하는 옷
차림이라고 보면 된다.

먼저 검은 턱시도에 보타이(bow tie, 나비넥타이)를 하고 근무용이 아닌

Male Dress Codes

White tie   Black tie   Semiformal   Business formal   Business casual   Casual

Female Dress Codes

White tie   Black tie   Semiformal   Business formal   Business casual   Casual

—

Dress Codes

품격 있을 때와 우아할 때, 진중할 때 그리고 발랄할 때.

턱시도용 와이셔츠의 소매에 커프스단추를 단다. 구두도 보통 검정색에 신발 끈이 달린 것을 신는다. 신발 끈이 없는 구두는 약간 슬리퍼 같다고 보는 관념이 있기에 Black tie에는 적절치 않다. 이에 걸맞은 여성의 옷차림은 긴 이브닝 가운의 파티복 정도가 될 것이다. 칸영화제나 니스영화제의 남녀 주인공들이 패션 감각을 뽐낼 때 하는 복장이다.

세 번째는 포멀(Formal) 또는 세미포멀(Semi-formal)이다. 이 스타일은 위에서 설명한 Black tie보다는 덜 차려입고 다음에 설명할 비즈니스(Business) 스타일보다는 좀 더 차려입은 차림이다. 검정색이나 곤색 계통의 정장에 흰 와이셔츠에 주로 단색 계열의 넥타이를 하고 간혹 왼쪽 가슴에 스카프나 행커치프를 꽂는 경우가 이 스타일이다.

네 번째는 비즈니스(Business) 스타일이다. 말 그대로 회사에서 일하거나 대외 활동을 하는 사람들이 입는 스타일인데 양복에 넥타이, 흰색이나 푸른색 와이셔츠를 입는 것이 주요 포인트다.

다섯 번째는 비즈니스 캐주얼(Business casual) 스타일이다. 양복은 입되 위, 아래 싱글정장이 아닌 콤비 스타일도 되고 안의 와이셔츠도 단색이 아닌 스타일로 바뀐다. 넥타이를 굳이 하지 않아도 그런대로 무난한 느낌을 주는 차림새가 비즈니스 캐주얼 스타일이라고 보면 된다.

여섯 번째는 캐주얼(Casual) 스타일이다. 이것은 말 그대로 보통 편하게 입고 활동하는 복장을 뜻한다. 넥타이를 매지 않고 와이셔츠도 필요 없고 상의에 컬러가 있어도 되고 없어도 된다. 청바지도 무난한 복장이나.

최근에 우리나라나 서양을 막론하고 간단한 칵테일에 와인 정도를 하는 데 어울리는 옷 스타일로 칵테일(Cocktail) 스타일이 있다. 말 그대로 칵테일 한잔 하는 데 어울리는 스타일이다. 알아서 패션 감각을 발휘하는 것이 이 대목에서는 어울리는 센스인데, 여기에 턱시도에 나비넥타이를 하고 가는 것도 이상하고, 축구 하다가 집에 가는 복장으로 가볍게 칵테일 한잔 하는 것도 이상한 스타일이 될 것이다.

뭐가 이렇게 복잡하고 남들 옷 입는 것까지 이래라 저래라 정하는게 말이 되느냐고 흥분할 수 있다. 특히 나름대로 고급스럽다는 레스토랑에서 '청바지 금지', '슬리퍼 금지' 이렇게 붙여 놓으면 사람 차별하느냐는 항의에 시달릴 수도 있다. 그런데 테니스장에 구두를 신고 들어오거나 축구화를 신고 들어와서 테니스를 하겠다는 사람을 못 들어오게 한다면 이것은 납득이 가는 일이 아닐까?

영국이 국가 이름을 내걸고 하는 윔블던 테니스대회는 참가 선수들이 하얀색 옷만을 입고 시합해야 한다는 규정을 내걸고 있다. 동급의 세계적 대회인 프랑스 오픈이나 호주 오픈, US 오픈 대회만 봐도 오렌지색 테니스복이나 빨간색 등 선수들이 패션 경쟁을 할 정도로 컬러풀한 색깔들을 입고 등장하는데 윔블던대회는 옷부터 신발까지 흰색으로 통일하고 이를 어기는 선수는 출전을 제한한다. 신사의 스포츠인 테니스에 그에 걸맞은 복장을 강요하는 것이다. 물론 여기에

—

2019년 6월 영국을 국빈 방문 중인 트럼프 미국 대통령이 런던 버킹엄궁에서
엘리자베스 2세 영국 여왕 가족들과 찍은 사진. 국빈 연회의 White Tie 복장.

초대받더라도 옷 구하기가 만만찮을 듯하네! 내 친구는 런던 주재원 시절(2010년경)
하루 30만 원에 빌려입고 참석한 적이 있다고 한다.

반발했던 선수들도 있었다. 프랑스 오픈이나 US 오픈에서 복장의 파괴를 이끌어 냈던 이란 출신 미국 선수인 안드레이 아가시(Andre Agassi)를 비롯한 몇몇이 윔블던 조직위원회에 어필했으나 영국은 양보하지 않고 지금껏 선수들의 속옷도 흰색 아닌 것이 나오면 탈락시키는 규정을 고수하고 있다고 한다.

다시 우리나라로 돌아오면, 정치야사에 간혹 오르내리는 이야기가 있다. YS(김영삼 대통령)가 야당 대표로 있으면서 당시 노태우 대통령 시절의 청와대에 주한 외교사절과 같이 하는 공식 만찬에 참석하게 되었다. 비서를 통해 청와대에서 전달된 것은 애초에는 Black tie로 전달되어 YS는 연미복에 보타이, 배에 복대까지 두르고 청와대 만찬 파티에 참석을 했는데, 나머지 사람들이 비즈니스 캐주얼(Business casual) 형식으로 다들 입고 나와서 편하게 저녁을 먹는 분위기였다는 것이다.

일부러 망신을 주려고 당시 여당에서 작업을 했는가 하는 의심이 들 무렵 밝혀진 진상은 청와대에서 주한 사절의 요청에 의해 갑자기 드레스 코드를 바꾼 것이고 참석 예정자 전원에게 사전 통지가 갔다고 한다. YS측에도 당연히 전달되었는데 당시 비서가 보고를 못했다는 것이었다. 얼마나 어색하고 화가 났는지 청와대에서 상도동으로 돌아가는 한강다리에서 비서보고 뛰어내리라고 했다는 일화가 지금도 돌아다니고 있다.

또 한편으로 아주 편하고 격의 없는 자리에 항상 정장을 차리고 나와서 분위기를 딱딱하게 만드는 경우도 있다. 토요일 저녁에 골목길 친구들과 막걸리 한잔 하는 분위기에 흰색 와이셔츠와 양복바지에 벨트까지 하고 나와 깔끔을 떠는 것은 지나친 것이다.

세계적으로 보더라도 사우디아라비아 같은 이슬람 수니파 원리주의 국가에서는 여성들의 경우 드레스 코드가 아주 엄격하다. 온몸을 검은 천으로 둘러싼 히잡 같은 것을 입지 않으면 외출이 불가능하다. 이를 어기는 경우 종교경찰이 단속도 하고 집안 어른들이 풍기문란으로 체벌을 가하기도 한다. 옷이 추위를 막는 기능에서 아름다움을 강조하는 패션으로 승화되었다가 상대방에 대한 예와 의전을 완성하는 것으로 변화하고 있는 것이다.

이런 유럽식 드레스 코드는 일본에서는 TPO에 맞게 옷을 입어야 하는 것으로 변하여 수용되었다. Time(시간), Place(장소), Occasion(상황)에 맞게 옷을 입는 것이 비즈니스와 정치, 집안 행사에도 중요하다는 인식이 정착되어 있다.

나는 동경대 학생들과 격년제로 만나는 행사가 있어 한 번씩 일본에 가는 경우가 있는데 5년을 가는 동안 학생들의 복장이 공식 행사에서는 항상 위아래 검은 정장이었다. 평상시에는 자유롭게 입고 다니지만 그 행사에 관해서만은 드레스 코드를 남녀 모두 검은색 정장으로 정해 놓고 있다는 것을 모임의 5년차에 깨달았다.

너무 자유분방한 패션으로 등장하여 행사 주최자들을 아연실색하

1993년 일본 나루히토 왕세자 결혼식 후의 왕실 가족사진.
서구화를 단행한 일본은 드레스 코드도 서양식과 일본식이 혼용되어 있다.

게 만드는 것도 문제이고 K-pop 공연에 Black tie의 드레스 코드로
나타나는 것도 참으로 주위 사람을 당황하게 만드는 것이다. TPO에
맞는 패션 감각을 갖는 것도 상당히 경쟁력 있는 일이다.

아!
와인 스트레스

5

동양권에서는 서구 문화에 대한 로망이 있다. 앞선 과학기술로 인류의 문명사를 경이롭게 발전시킨 것에 대한 놀라움과 부러움이 있다. 그러다 보니 서구의 문화, 패션, 예술도 동양적인 것보다는 훨씬 우아하고 멋있게 보이는 측면이 생긴다.

또 다른 한편으로는 앞선 기술로 식민지를 건설하고 영어와 프랑스어로 자기들끼리만 밀어를 나누며 뭔가를 도모하는 것이 아닌가 하는 의심과 열등감도 공존한다.

서구인들이 대화와 식사 중에 항상 따라 붙는 음료는 와인이다. 포도를 원료로 만든 과일주에 불과한 알코올에 이야기를 입히고 디자인으로 세련되게 만들어 놓으니 이게 그냥 포도 주스나 과일주가 아닌 다른 물건이 되어 영화와 드라마, 심지어 역사 속에서도 간혹 툭툭

튀어 나온다.

모나코 해변의 석양을 무대로 한 영화에 등장하는 저녁 식사에는 항상 고가의 와인이 등장하고 서양 물 먹은 우리나라 하이클래스들이 와인을 이야기하면서부터 나는 뒤처진 듯한 느낌이 메뉴판의 와인을 볼 때부터 들기 시작한다. 더군다나 『신의 물방울』이라는 와인을 주제로 한 일본 만화가 한때 한국 사회에 선풍적인 인기를 끌면서 와인이 익숙하지 않은 나에게 와인은 스트레스가 되어 다가온다. 『신의 물방울』도 몇 번 읽어보고 와인 개론서를 밑줄 그어 가며 몇 번을 봐도 프랑스어로 되어 있는 상표는 눈에 잘 들어오지 않는다. 성질이 나서 와인 강좌도 가 보지만 듣고 나면 와인 빈병만 남는다.

나도 마찬가지의 와인 스트레스를 갖고 있다가 OECD 근무차 파리에 살면서 와인을 좀 더 만만하게 대하게 되었다. 파리에서 보니 일단 어떤 백포도주(White Wine)는 사먹는 생수보다 싼 경우가 있다. 더운 여름에 생수를 4유로(약 6천 원) 주고 사먹는 것보다 3유로(약 4천5백 원) 주고 화이트와인을 마시는 것이 더 좋으니 일단 와인에 대한 두려움이 사라졌다. 더구나 주위 프랑스 사람들치고 20유로(약 3만 원) 이상의 와인을 편하게 니꼴라(Nicolas)라는 와인소매점에서 사서 마시는 것을 본 적이 거의 없다.

그럼 내가 영화에서 본 것들은 대체 무엇이란 말인가?

내가 가장 궁금했던 것은 프랑스 사람들은 100만 원짜리 와인과 1만 원짜리 와인의 맛을 진짜로 구별할 줄 아는가이다. 007 영화를 보면 제임스 본드는 작전 중 적진에서 벌어진 디너 파티에서 와인을 한 잔 마시고 '로마네 꽁띠 1950년대 산' 이런 식으로 알아맞혀서 상대방의 기도 죽이고, 그것보다 관객의 기를 더 죽인다. 와인을 마셨을 때 이것이 백포도주인지 적포도주인지는 나도 구별할 수 있지만, 와인을 좋아하는 서양 사람들, 특히 와인 종주국이라는 프랑스 사람들이 1만 원짜리 와인과 10만 원짜리 와인, 그리고 100만 원 이상 고가의 와인을 진짜 맛으로 구별할 수 있을까?

나는 OECD에서의 생활이 약간 익숙해지고 어느 정도 친한 사람들도 생기기 시작했을 때, 이런 저런 이야기를 물어도 될 만한 사이의 사람들, 이탈리아 출신이나 프랑스 사람들, 심지어 영국인들에게까지 와인 맛을 구별할 줄 아느냐고 물어본 적이 있다. 그러나 대부분은 잘 알지 못한다는 것이다. 사이가 좀 가까워진 것을 빌미로 네가 비싼 와인을 마실 기회가 없어서 잘 알지 못하는 것이 아니냐고 좀 자극적인 질문을 던지기도 했다.

그들은 눈을 가리고 와인을 마셨을 때 보르도 와인인가 부르고뉴 와인인가는 일단 제대로 구분을 할 수 있다고 했다. 레드와인을 기준으로 파리에서 소매가격으로 살 때 한화로 2만 원 이하의 와인은 좀 별로인 와인으로 생각되고, 20만 원이 넘어서는 것은 좋은 것은 알겠으나, 그 와인이 50만 원짜리일지 100만 원짜리일지는 전혀 구분이 안 된다고 했다.

부르고뉴 와인으로 가면 사실은 더 구분이 어렵다. 피노누아라는 포도 품종 하나만 가지고 와인을 만들어 내는 것이 부르고뉴 와인인데 본 로마네(Vonse-Romanee) 마을에서 만드는 한 병에 500만 원 가까이 가는 로마네 꽁띠(Romanee-Conti)라는 와인과 그 옆 마을에서 만들어 내는 보통 20만 원 정도의 부르고뉴 와인의 차이를 어떻게 보통 사람이 맛으로 감별해 낼 수 있을까? 사람이 개코도 아니고. 설령 차이가 있더라도 그 차이가 480만 원의 가치가 있는 것일까?

물론 이런 것을 느낄 수 있다고 주장하는 프렌치들도 있고 심지어 우리나라 사람들 중에 상당수는 차이가 있다고 말하기도 한다. 와인이 만들어진 연도의 일조량, 과수원 토질, 제조공정의 전 과정을 보고 와인을 품평하는 코노셔(Connoisseur)라는 직업을 가진 사람들이 있다. 그중에 로버트 파커(Robert Parker)라는 사람은 와인의 품질과 맛을 평가하고 점수를 매겨 전 세계 와인 업자들을 들었다 놨다 하고 있다.

우리나라 슈퍼나 와인 가게에도 파커 점수가 90점이니 95점이니 하면서 붙여 놓은 와인들도 상당하고 서울에도 고급 레스토랑에 가면 소믈리에(Sommelier)라는 직업을 가진 사람들이 와인을 설명하고 추천하는 경우도 꽤 있다. 신맛이니 떫은맛이니 일단 가볍게 설명하고 나서 바디감이 있다는 둥 없다는 둥 한참 설명을 듣다보면, 저렴한 와인을 시켰을 때 체면을 구기는 것이 아닐까 하는 불안한 마음이 단전에서부터 올라오는 경우도 상당히 있다.

그러면 이런 스트레스를 주는 와인을 아예 멀리하고 살아가면 어떨까? "나는 촌에서 왔으니 소주가 좋아"라고 말하며 이탈리아 레스토랑에서 폭탄주를 마시겠다고 지조를 굳건히 지킨 사람을 본 적이 있는데, 설렁탕집에 가서 화이트와인이 없다고 신경질 내는 사람과 사귀면 궁합이 참 잘 맞을 것 같다는 생각이 든다.

프랑스 파리에서 살아본 나의 경험은 와인에 기죽을 필요도 없고 레드는 스테이크, 화이트와인은 생선이라고 외우며 강박관념을 가질 필요도 없다는 것이다. 더군다나 우리나라 사람들이 보통 마시는 정도의 와인은 프랑스 보통 사람은 1년에 한 번 마시기도 힘든 비싼 와인들이다. 다만, 인생이란 것이 다 먹고 살자고 하는 원초적인 바탕 위에서 출발하는 것이니 서양의 테이블문화에서 가장 중요한 요소인 와인에 대해 좀 더 객관적인 면은 알고 있는 게 정신건강에 좋을 듯하다.

먼저 와인은 왜 프랑스 와인이 유명할까? 우리나라는 왜 프랑스나 이탈리아처럼 유명한 와인이 없을까? 그것은 포도의 당도(糖度) 때문이다. 맥주는 보통 알코올 도수가 5도 정도이다. 밀로 만든 밀 맥주도 있지만 주로 보리로 만들고 세계적으로도 맥주 맛이 가장 좋다고 검증된 알코올 도수 5도 정도로 만들어진다. 소주는 20도 정도이고 중국의 고량주는 40도 이상인 것도 많고 러시아의 보드카는 50도를 넘어가는 경우도 많다.

술이 만들어지는 원재료에 따라 인류는 가장 좋은 술맛을 내는 적당한 알코올 도수의 술을 만들어 왔는데 통상적으로 와인은 13도 내외가 가장 적절하다고 알려져 있다. 프랑스는 신이 가장 기분 좋을 때 프랑스 국보를 만들었냐는 말이 있을 정도로 기후와 토양이 좋다. 과일의 당도가 올라가려면 한여름에는 뜨거운 햇살이 내리 쬐고 가을로 가면서 아침저녁으로 서늘해져야 과일의 당도가 올라간다.

우리나라 문경이나 대구의 사과가 특히 단 것은 그 기후의 영향이 대부분이다. 프랑스는 기후가 이런 조건에 맞아 포도의 당도가 아주 좋게 나타난다. 식용 포도와는 다른 와인용 포도로 수백 년 검증된 제조기법으로 포도주를 만들면 13도 내외의 적절한 알코올 도수가 나온다.

우리나라에서는 한반도 어디에서도 당도 8을 넘어가는 포도가 재배되지 않는다. 그래서 당도 13 정도를 맞추기 위해서는 설탕을 첨가해야 하는데, 그럴 경우 당도는 13도까지 올라갈 수 있으나 마셔보면 설탕물을 섞은 듯 너무 단 포도주가 된다. 이렇게 되면 한 번은 서양 포도주처럼 마실 수 있으나 식사와 같이 두 번, 세 번 마시기에는 적절치 않은 술이 되어 버리는 것이다.

재미있는 것은 이런 기후 조건 때문에 독일에서는 프랑스 국경 인근의 알자스 지방 정도를 제외하고는 와인이 잘 나지 않는다. 그 정도의 당도를 만들어 낼 수 없기 때문이다. 그래서 독일에서는 맥주와 소시지가 최고의 국민식품이 되었다. 영국도 마찬가지다. 11월만 되면 비가 내리는 우중충한 섬에서 와인이 나는 것은 거의 불가능하다. 대신 영국은 세계를 제패했던 국가답게 프랑스 와인, 남아프리카공화국 와인, 칠레 와인 등 수입해서 먹는 데는 세계 1등이고, 그러다 보니 어느 와인이 좋은지 품평에는 일가견이 있어 세계적으로 유명한 와인 평론가는 영국 출신들이 상당히 많다.

이탈리아는 조금 예외적인 나라이다. 본래 와인의 종주국은 이탈리아였다. 지중해를 끼고 최고의 기후와 토양을 가진 이탈리아는 로마제국 때부터 와인을 마시기 시작하였는데 지금의 프랑스인 갈리아를 정복하고 시험 삼아 포도를 재배했다. 당시의 갈리아는 독일 게르만족만큼 문명의 혜택을 받지 못한 켈트족이 주류였는데, 문명화된 로마인들이 식민지 프랑스에서 포도를 심어봤더니 본국 이탈리아보다 더 나은 포도주가 만들어지기 시작한 것이다.

지금도 세계적으로는 이탈리아 와인과 프랑스 와인이 경쟁하기는 하나 프랑스 와인이 한 수 위라고 보아야 할 것 같다. 여기에는 이탈리아와 프랑스의 국민정서도 한몫하는데, 낙천적인 이탈리아 사람들은 1등급은 자신들이 먼저 마시고 2등급을 수출했고, 프랑스는 나폴레옹 때 국가가 나서서 등급과 품질, 브랜드를 엄격하게 규격화하여 1등급을 수출하면서 세계화에 성공했다. 또 당시에는 세계 최강국이라는 아우라(Aura, 주로 예술작품에서 진품이 뿜어내는 분위기)가 더해져 프랑스 와인은 단순 포도주가 아니라 품격 있는 사람들이 즐기는 기호품으로 격상되어 버린 것이다.

그러니 가격도 내가 보기에는 시장가치보다 훨씬 높게 책정되고, 와인이 돈이 되다 보니 프랑스의 농가는 포도만 키울 수 있으면 대부분 포도밭으로 전환하여 와인 재배지가 늘어났다. 이것이 다시 브랜드를 만들고 그럴 듯한 스토리를 만들어 낸다. 후신국에는 와인 정도는 마셔 줘야 글로벌한 문화인이 아니냐는 문화적 열등감을 조장하면서 비싼 값에 팔 수 있는 구조가 되어 버렸다.

007 영화에서는 '로마네 꽁띠 1975년산이야'라고 말하며 와인의 종류와 연도를 제임스 본드가 정확히 찍어내는데, 이는 1975년에는 일조량과 기후가 좋아 같은 '로마네 꽁띠'라도 다른 해보다 와인이 좋았다는 뜻이다. 비가 많이 내려 충분한 햇살이 없는 경우 좋은 와인이 나올 수 없다는 것을 내포하고 있는데 그런 연도에 생산된 와인은 약간 싸게 나온다.

내가 파리에 살던 시절 프랑스 일간지 「르몽드」에는 일조량이 부족한 해에 보르도에서 실제 소비되는 설탕이 공식 통계에 잡히는 설탕 소비량보다 많다는 기사를 낸 적이 있다. 와인 농가에서 설탕을 넣어 인위적으로 와인의 알코올 도수를 조정하는 것이 아니냐는 의심의 눈초리를 보낸 것인데, 프랑스인들도 유사시 설탕을 넣는지 안 넣는지는 지금도 의문이다.

현대 와인의 원류라고 할 수 있는 프랑스를 볼 때 레드와인은 크게 보르도 와인과 부르고뉴 와인으로 대별된다. 가장 큰 차이는 만드는 포도의 원래 품종, 즉 종자가 다르다. 그렇기 때문에 와인의 맛이 다르고 병의 모양이 달라진다. 보르도 와인에서 주로 쓰는 포도 품종은 카베르네 소비뇽(Cabernet Sauvignon)이라는 적포도이다. 여기에 메를로(Merlot), 카베르네 프랑(Cabernet Franc), 프티 베르도(Petit Verdot) 등의 포도 품종을 적당히 섞어서 양조를 한다. 명품 보르도 와인이라는 것들이 사실은 이런 품종들을 어떻게 적당히 잘 섞느냐의 문제로 귀결된다.

주로 쓰이는 카베르네 소비뇽이라는 품종은 껍질에 탄닌성분이 있어 떫은맛이 나고 다 마시면 병의 바닥에 찌꺼기가 남는다. 그래서 보르도 와인을 보면 병에 어깨 모양의 각이 있고 병 밑바닥은 약간 들어가 있는데 이는 찌꺼기를 걸러내기 위해 병 모양을 아예 그렇게 디자인한 것이다.

피노누아(Ponot Noir)라는 단일 품종의 포도만 사용하는 부르고뉴 와인은 와인이 보르도에 비해 맑고 부드러우며 찌꺼기가 남지 않는다. 포도 품종에서 기인한 특성인데 찌꺼기가 남지 않기 때문에 병 모양이 어깨가 없이 달항아리처럼 부드럽다. 그래서 아깝다고 보르도 와인은 끝까지 따르면 찌꺼기가 중간에 걸리는 수도 있고 모양새도 안나나, 부르고뉴 와인은 끝까지 따라도 마지막 방울까지 깔끔하게 잔에 떨어진다.

프랑스 지도를 보면 보르도는 파리에서 남서부쪽 지역인데 지롱드 강(Gironde River) 주변을 지역별로 나누어 마을이 형성되어 있다. 그리고 각 마을마다 자기네 이름으로 막걸리 만들 듯이 와인을 만들어 팔고 있다. 예를 들면 보르도 지역 내에서 메도크(Medoc)라는 지역에서

보르도(Bordeaux)   부르고뉴(Bourgogne)

카베르네 소비뇽과 기타 품종을 섞어 만든 보르도는 포도 찌꺼기가 남기 때문에 병의 어깨 부분이 각져 있다. 부르고뉴 스타일은 피노누아 단일 품종을 쓰기 때문에 마지막을 따라도 찌꺼기가 나오지 않는다. 그래서 달항아리 같은 곡선형 병을 쓴다. 모든 와인은 보르도 스타일이거나 부르고뉴 스타일로 나뉜다고 보면 머리가 개운해진다.

나는 와인은 메독이라고 씌어 있다. 그라브(Graves), 생테밀리옹(Saint-Emilion), 포므롤(Pomerol) 와인이라는 것은 보르도 내의 그라브, 생테밀리옹이라는 지역에서 만들어 낸 와인이라는 것이다. 그냥 보르도 와인이라 하면 부르고뉴 와인이 아닌 보르도 지역의 와인이라는 뜻이고, 보르도란 말없이 메독 와인이라고 하면 프랑스 사람들은 다 보르도 지역 중에서도 메도크 동네에서 나온 와인이라고 알아듣는다. 포도 품종은 카베르네 소비뇽과 메를로 등등을 섞어서 만들었고 동네에 전해 내려오는 적당한 스토리를 섞어서 팔고 있는 것으로 이해한다.

그러면 보르도 지역에서 와인을 제일 잘 만든다고 소문난 데는 어디일까? 영어의 캐슬(Castle)은 성을 뜻하는데 프랑스에서는 샤토(Chateau)라 부른다. 샤토는 왕이나 귀족이 사는 성도 되지만 우리나라의 술도가 같은 양조장도 되고 좀 세련되게 이야기하면 와이너리(winery)이다. 나폴레옹이 집권한 후 오지랖 넓게 보르도 와인에 등급을 매겨 놓은 후 아직까지 그 서열이 그대로 유지되고 있다. 제일 최상 등급의 5대 와인은 독수리 5형제처럼 영화나 드라마에 심심찮게 등장한다. 마치 꼭 알아야만 하는 듯.

샤토 마고(Margaux), 샤토 라투르(Latour), 샤토 라피트 로칠드(Lafite Rothschild), 샤토 오브리옹(Haut-Brion)이라는 4종류의 와인인데 1973년에 무통 로칠드(Mouton Rothschild)가 승급하여 보르도를 대표하는 5대 와인이 되었다. 특징은 다들 비싸다는 것이다. 나머지 와인들도 유명한 것들이 있으나, 복잡한 세상에 그냥 보르도 와인으로 통칭하여 부르기로 한다.

부르고뉴는 파리의 북동부쯤에 위치하고 있는 지역인데 과거에 바다였던 지역이 융기하여 현재 토양을 형성하고 있다. 그런데 이렇게 생긴 땅이 희한한 마술을 부리는 것처럼 같은 포도 품종을 심어도 약

300미터 정도만 떨어지년 생산되는 포도와 그걸로 만든 포도주 맛이 다르다는 것이다. 보르도가 마을마다 술맛이 다른 데 반해서 부르고뉴는 같은 마을 안에서도 밭마다 와인 맛이 달라지는 것이다. 피노누아(Pinot Noir)라는 품종 하나만 사용하는데 축구장 한 개 정도 크기의 와이너리마다 와인 맛이 달라지고 무엇보다 가격이 천차만별이다.

부르고뉴 지역에 있는 꼬트 드 뉘(Cote de Nuit)라는 지역의 본 로마네 마을에서 나오는 로마네 꽁띠(Romanee-Conti)라는 와인은 1병당 500만 원 정도 하는 경우도 많은데 세계에서 제일 비싼 와인이다. 「타이타닉」이라는 영화에서 갑자기 몰락한 사업가가 특등실에 친구들을 초대하여 초호화 파티를 하면서 로마네 꽁띠 1병을 친구들과 돌려먹고 배를 뛰어 내리는 장면이 나온다. 비록 파산했지만 자신의 마지막을 가장 화려하게 장식하려는 그만의 에필로그였는데 로마네 꽁띠라는 이름이 1분 정도는 나오니 그 맛이 진짜든 가짜든 보통 와인이 아닌 것은 틀림없다.

와인을 좀 안다는 사람들이 자주 쓰는 떼르와('토양'이라는 뜻의 영어 Territory, 프랑스어 Terroir에서 파생됨)라는 것은 부르고뉴에서 큰 의미를 갖는다. 같은 품종, 같은 햇살과 기후인데도 와인 맛이 다른 것은 과거 바다였던 지역이 융기할 때 이 지역은 굴이 많이 쌓였고 저 지역은 조개의 퇴적층이 많아 그 영향으로 맛이 달라진다고 주장한다. 내가 지질학자도 아니고 굴이나 조개가 나오는지 파볼 수도 없는 문제이니 그냥 믿는 수밖에….

여기에 부르고뉴 사람들이 스토리를 만들어냈다. 이 와인은 대문호 뒤마에게 헌사된 와인이고, 이 와인은 나폴레옹이 전쟁 통에도 즐겨 마신 와인이고 등등의 스토리를 만들어냈다. 우리나라로 치자면 배다리 막걸리를 누가 즐겨 마셨다는 등 이런 식이 아닐까? 이런 스토리에 주로 일본인들이 뻑 간다. 4~5월경 와인축제가 되면 일본 본토에서 오는 관광객들로 부르고뉴는 호텔에 방을 구할 수가 없다. 일본에서부터 연구하고 적어온 책자와 노트를 들고 여기저기 와이너리를 방문하고 와인도 대량으로 구매한다. 참 재미있는 마케팅이다.

와인이 이렇게 고가에 팔리고 돈이 되는 사업으로 인식되기 시작하자 아메리카 신대륙으로 와인 산지가 늘어났다. 이는 에티오피아에서만 자라던 커피가 인도네시아와 남미로 넘어간 것과 유사하다. 비즈니스가 되니 미국으로 건너가 캘리포니아에 나파밸리를 만들었다. 호주로 넘어간 쉬라즈(Shiraz) 품종은 프랑스에서 괄시 받다가 호주의 토양과 맞아 떨어져 만개했다. 호주 와인 중 유명 와인은 대부분 쉬라즈(Shiraz) 품종이다.

칠레에서도 와인 사업이 번창하여 FTA의 날개를 타고 우리나라에 칠레산 와인이 상당히 깔리고 있다. 가성비가 좋다고 알려진 아르헨티나 와인은 보르도에서 구박받던 말벡(Malbec)이라는 품종이 아르헨티나에 이식되어 대성한 것이다.

결국 요약하자면 와인에서 제일 중요한 것은 어떤 포도 품종으로 만든 것이냐의 문제가 아닐까? 백포도주와 적포도주를 구분하는 것도 포도 품종이고(백포도주를 청포도가 아닌 걸로 만드는 경우도 있다.), 레드와인 안에서 보르도와 부르고뉴를 구분하는 것도 포도 품종이다. 마지막에 찌꺼기가 있는 와인, 즉 보르도 스타일은 병이 각진 것이고, 찌꺼기가 남지 않는 와인, 즉 피노누아 단일 품종만 쓰는 부르고뉴 스타일은 병 모양이 다르다. 호주에서는 쉬라즈 품종이 잘 자라니 그걸로 와인을 만든 것이고, 아르헨티나는 말벡이 잘 자라 그걸로 술을 담근 것이 아닐까?

프랑스어를 배운 적이 없는 우리가 발음도 어려운 프랑스어 상표를 생산 연도, 지역, 맛까지 이해하기 위해 밑줄 박박 그어 가며 외울 필요는 없다고 본다. 와인 생산자가 마케팅하는 것을 소비자가 스트레스까지 받아 가며 각 제품의 특징을 외울 필요가 있을까? 이런 구도를 전 세계인에게 만들어낸 프랑스 사람들을 나는 천재적이라고 본다.

그래도 유럽인들과 사교나 비즈니스를 할 기회가 생길 때를 대비해 알아둘 사소한 몇 가지가 있다. 간단한 양식이 아니라 완전히 풀 프렌치 스타일로 저녁을 한다면

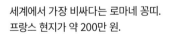

세계에서 가장 비싸다는 로마네 꽁띠.
프랑스 현지가 약 200만 원.

—

뉴욕소더비 경매(2018.10.14)에서
55만8천 달러(약 6억 원)에 팔린 1945년산 로마네 꽁띠.

제 정신일까?

그냥 마시는 와인과 별도로 식사 전에 마시는 와인과 식사 후에 마시는 와인이 있다. 서구 문화에서 식사 전에 한 30분 이런 저런 이야기를 할 때 주로 샴페인을 마시면서 분위기를 조성하는 경우가 있다. 라틴어에서 유래한 프랑스어 아페리티프(Aperitif)라 부르는데 샴페인 말고도 간혹 스페인 무적함대 선원들이 애용하던 셰리(Sherry)가 나오기도 한다.

이후 본식에 화이트와인과 레드와인을 마시고 식후 디저트에 디저트 와인(Dessert Wine)이라는 것을 마시는 경우도 있다. 디저트 와인은 쿠키나 마카롱 등과 함께 마시는 매우 달짝지근한 화이트와인인데 주로 보르도의 소테른 지역에서 세미용(Semillon)이라는 품종의 청포도로 만든다. 독일이나 캐나다의 아이스 와인도 단골 디저트 와인인데 이걸 몰랐을 때 나는 아이스 와인을 사가지고 와서 선물도 드리고 또 친구들과 식사 중에 같이 마시기도 했었다. 마시면서 생각했다. 이렇게 설탕물 같은 것을 식사 중에 마시다니 서양 사람들은 참 특이하다고.

와인을 시시콜콜하게 이야기하기 시작하면 끝이 없다. 마니아들은 와인 잔이 좋아야 맛이 잘 난다고 하면서 고가의 특정 독일 제품만 고집하는 사람도 있다. 또 어떤 레스토랑은 그런 잔만 사용한다고 마케팅하기도 한다. 내가 보기에는 와인은 숭배할 필요도 없고 배척할 필요도 없다. 그냥 우리나라의 막걸리와 같은 술이다. 차이는 값이 비싸고 세계화에 성공한 술이라는 것이다.

테니스는
1:0이 아니라 15:0부터 시작이야?
그런데 왜 Fifteen:Zero가 아니라
Fifteen:Love라고 하지?

6

386 세대인 나에게 테니스는 상당한 로망이었다. 초등학교 시절 내가 살던 동네, 영등포에서는 테니스장을 구경할 수가 없었는데 TV에서는 서구인들이 열광하는 스포츠로 방송되었다. 그 당시 서울 웬만한 지역에서는 테니스장을 볼 수가 없었는데 버스로 지나치던 여의도 고급아파트 단지에서는 외국인들도 운동하는 넓은 테니스장이 있었다. (여의도도 행정 구역은 영등포에 속하나 여의도 사람들은 영등포에 산다고 생각하지 않는 분위기였다.)

테니스는 경제력 외에 문화적 수준도 있는 사람이 즐기는 귀족 스포츠라는 이미지가 강해 한동안 유행하다가 최근에는 약간 침체되는 분위기다. 아파트 단지마다 있던 테니스장이 높은 땅값을 견디지 못하고 슬슬 자취를 감추다가 이형택 선수, 정현 선수가 나타나 전 세계

TV에 방송되면서 다시 주목받는 스포츠가 되었다.

최근 등장한 조기 유학 코스에는 미국의 사립 고등학교(Boarding School)를 거쳐 미국 동부의 아이비리그 대학으로 가는 길을 밟는 코스가 있다. 미국의 명문 고등학교나 대학 입시에는 악기와 스포츠가 필수적이기 때문에 이 루트를 택하는 사람들은 초등학교 때부터 테니스 레슨을 받기도 한다.

그런데 왜 테니스는 일반 스포츠와는 다르게 점수를 카운트하는 걸까?

축구는 골을 넣는 경우 1:0부터 시작하여 2:0이 되거나 1:1이 된다. 농구도 1:0부터 시작해서 81:83점 정도까지 간다. 테니스와 사촌이라 테이블 테니스(Table Tennis)라고 불리는 탁구도 1:0부터 시작하고 서브도 번갈아가면서 한다. 심지어 야구마저도 홈으로 들어와 득점을 올리면 1:0부터 시작하는데 테니스의 경우는 첫 득점을 올리면 15:0으로 시작하고 또 이기면 30:0이 되고 또 이기면 40:0이 되고 여기서 한 번 더 이겨야 게임이 끝난다. 왜 이럴까?

이것은 테니스의 시작이 애초 프랑스 귀족사회에서 시작된 스포츠이기 때문에 점수를 카운팅하는 방법도 조금 달라진 것이다. 1:0이나 2:0 또는 1:1의 방식으로 점수를 매기는 것이 당시 귀족들이 보기에는 조금 쪼잔해 보였던 모양이다. 마침 둥근 원형시계를 보고 그 둥근 원을 1/4로 나누어 득점을 계산하는 방식을 택했다. 1점을 따면 15분을 가리키는 시계바늘을 따라 15:0으로 카운트하고, 그 다음 득점은 시계바늘의 30분을 가리키는 30:0으로 하고, 그 다음 득점의 45는 발음하기가 불편하니 40으로 지칭하고, 거기서 한 번 더 이기면 그 게임은 끝나는 것으로 정했다. 당시 일반 평민들은 노동이 운동이었으니 운동이라는 것은 생각하기 힘든 상황이었고 득점을 카운팅하는 방법이 약간 다르니 고상해 보이기도 했던 것이다.

스페인의 세계적인 선수 나달(Rafael Nadal)이나 스위스의 페더러(Roger Federer)는 첫 서비스를 상대방이 받을 수 없게 속도도 빠르고 코스도 까다롭게 넣는다. 세계대회에 출전하는 대부분의 선수는 첫 서비스로 상대방을 제압하기 위해 서브만 따로 강훈련을 받기도 한다.

어떤 테니스 선수든지 시합에 나서면 서브를 강하고 상대방이 받기 힘들게 넣으려고 노력한다. 그런데 서비스(Service)라니…. 서비스는 상대방에게 봉사한다는 의미니 상대방이 받기 좋도록 줘야 하는 것 아닌가? 이는 테니스 초창기에 시합하는 귀족 옆에서 하인이 상대방 귀족이 받아치기 쉽게 잘 던져줬기 때문에 붙은 이름이라고 한다. 요즘은 탁구·테니스·배구에서 행해지는 서브로 이름 붙은 모든 서비스가 상대방이 받기 까다롭게 속도도 빠르고 스핀도 최대한으로 걸어서 넣는다.

그런데 테니스를 보면 15:0을 Fifteen:Zero라고 발음하지 않고 Fifteen:Love라고 부른다. 왜 'zero'를 'love'라고 부를까? 테니스가 과거 프랑스 귀족들이 운동하다가 사랑에 빠졌던 일종의 미팅게임이었던 걸까?

당시 귀족들은 서로 사교의 목석으로 점잖게 운동하는데 상대방이 실점을 했다고 빵점이라고 하여 '0'이라고 부르면 체면이 깎인다고 생각했다. 마침 '0'과 모양이 비슷하게 생겨 보이는 계란을 보고 프랑스 귀족들이 '0' 대신 '계란'이라고 부르기 시작했다. 계란은 프랑스어로 l'oeuf(뢰프)다. 뢰프(l'oeuf)가 영국으로 넘어가서 영어화 된 발음으로 'love'가 되었다. 즉 프랑스어로 뢰프로 불리던 것이 활음조현상으로 발음하기 편하게 영어화 된 발음이 '러브'인 것이다.

세계적으로 볼 때 가장 인기 있는 스포츠는 무엇일까? 축구·야구·농구 모두 인기가 있는 종목이다. 스포츠 스타는 재력도 상당하다. 이런 단체 운동과 별도로 개인이 전 세계인의 스포트라이트를 받는 운동은 테니스와 골프로 볼 수 있다. 타이거 우즈(Tiger Woods)처럼 세계에서 골프를 제일 잘 치는 사람은 인기도 높고 돈도 많이 번다. 테니스 세계 1위는 선수의 인기도 높고 테니스시합이 열렸던 장소와 연계되어 그 선수를 배출한 국가의 이미지도 동반 상승한다.

영국의 윔블던, 프랑스 오픈, 미국의 US 오픈, 호주 오픈이 세계 4대 메이저 대회인데, 우승 선수들에게는 영광과 상금이 수반된다. 전 세계 스포츠 비즈니스업계가 들썩거리고 이 4대 메이저 대회를 주관하는 영국·프랑스·미국·호주는 앉아서 국가 홍보를 하게 된다. 이중 영국과 프랑스는 자존심 싸움도 대단한데, 1877년부터 시작된 윔블던(Wimbledon) 대회는 잔디를 짧게 깎아 놓은 테니스 코트이다. 잔디 코트는 공을 치더라도 공이 더 빠르게 튀어 오른다.

또 윔블던 대회에 출전한 선수들에게는 드레스 코드가 아주 엄격하다. 위아래 복장이 다 흰색이어야 하며 윗도리 티셔츠도 라운드 티가 아닌 칼라가 있어야 한다. 심지어 신발도 흰색이어야 하고 신발 밑바닥의 깔창도 흰색이어야 한다.

이란 출신의 미국인으로 한때 세계 테니스 대회를 평정했던 안드레이 아가시는 세계 1위라는 영향력으로 윔블던 이외의 그랜드슬램 대회에서 검은색 옷도 입고 나가고, 오렌지색 옷도 입고 나가 그간 불문율이던 흰색 유니폼을 입어야 한다는 관습을 무너뜨렸다. 그런 그도 윔블던 대회에는 항복하고 흰색 테니스복장으로 출전했다. 영국 윔블던 대회의 특징이다.

잔디 코트의 윔블던 대회와 달리 프랑스 오픈(1891년부터 시작)이 열리는 롤랑가로(Roland Garros) 테니스장은 클레이 코트다. 우리나라에 많은 운동장 같은 흙으로 만든 코트인데, 그냥 흙이 아니라 앙투카(En-Tous-Cas)라고 빨간 벽돌을 가루로 내어 테니스 치기에 적합하게 만들어 놓은 것이다. 프랑스에서 개발되어 프랑스의 자존심이 묻어 있는 코트라고 한다. 잔디 코트와 앙투카 코트는 잔디와 흙이라는 이질적인 재료에 공이 마찰되기 때문에 볼의 스핀이 먹고 튀어 오르는 정도가 다르다. 그래서 두 코트에서 다 우승하기는 쉽지 않다.

여기에 우레탄으로 깐 하드 코트인 호주 오픈과 미국 US 오픈이 열리면 전 세계 스포츠 방송은 나달, 페더러, 조코비치, 정현, 니시코리 같은 세계적인 선수로 꽉 들어찬다. Fifteen : Love, Thirty : Love……

영국 평민이 소(Cow)를 키우면
프랑스 출신 영국 왕족이 소고기(Beef)를 먹는다

소는 영어로 Cow라고 부른다. 그런데 레스토랑에 가면 소고기는 Cow Meat가 아닌 Beef Steak라고 불린다. 전 세계가 쓰는 공용어인데 왜 소고기를 Cow Meat라 하지 않고 Beef라고 부를까? 이는 프랑스인으로 노르망디 공작이었던 기욤 2세(Gillaum II)가 1066년 영국을 정복한 후 영국의 왕족과 귀족, 그리고 공문서와 학교에서도 프랑스어를 약 200년간 공식으로 사용했기 때문에 나타난 일이다. 그래서 영국의 평민은 Cow를 키우고 이 소가 식탁에 올라가 프랑스 출신 왕족과 귀족이 먹을 때는 프랑스어인 'Boeuf(뵈프)'로 둔갑한다. '뵈프'가 영국식으로 발음되어 '비프(Beef)'가 된 것이다.

그러면 세계 최강국이었던 대영제국이 프랑스의 식민지였었다는 말인가?

유럽 지도를 놓고 볼 때 노르웨이, 스웨덴, 덴마크가 있는 지역은 상당히 북쪽에 위치하고 있다. 프랑스 파리만 해도 11월에서부터 겨울이 시작되어 다음 해 3월까지는 날씨가 아주 음습하다. 오후 5시에 해가 져서 컴컴해지고 날씨가 싸늘해지며 비도 자주 내리는 기분 나쁜 겨울이 다음 해 3월까지 계속된다. 서안해양성 기후라 겨울에 기온이 온난하다고 중·고등학교 시절에 시험에 대비하여 교과서에 나온 대로 외운 적이 있는데 한번 와서 살아보시라.

프랑스나 독일보다 훨씬 더 북쪽의 노르웨이, 스웨덴, 덴마크는 위도상 당연히 겨울이 남쪽보다 더 길고 여름이 짧으며 농사에는 적합하지 않은 땅이다. 그래서 이들의 조상은 해적질로 생업을 삼았다. '노르(Knorr)'라고 불리는 빠르고 싸노에 잘 견디는 배를 만들어 타고 기동성 있게 유럽 해안을 약탈하고 돌아가기를 반복했는데, 8세기에서 11세기 사이에 가장 극심했고, 멀리 원정 해적질을 갈 때는 북아프리카의 지중해 해안까지 가서 약탈을 자행했다. 역사에서 바이킹(Viking)이라고 불리는 사람들이었다.

이들은 종교도 좀 특이했는데 지금으로 보면 원시 종교 비슷한 종교에서는 약탈과 전쟁을 숭상하고 전투 중 사망하면 천국에 간다는 신화를 가지고 있었기에 항상 용맹무쌍했고, 유럽 해안가는 바이킹이라고 불리는 해적에 대한 공포심이 상당했었다.

그중에서도 단골 수탈지는 지금의 프랑스 북부 지역인 노르망디 지역이었다. 노르망디 지역은 일단 노르웨이, 스웨덴 등 바이킹의 본거지와 가깝고 기후가 좋아 물산이 풍부한 지역이었기 때문이다.

이 스칸디나비아반도의 바이킹들 중 가장 세력이 컸던 노르웨이 바이킹의 두목으로 자기들 말로는 흐롤프(Hrolfr), 프랑스어로는 롤로(Rollo, 854년경 출생, 932년경 사망 추정)로 불리는 사람이 있었다.

초기에 롤로는 잉글랜드와 프랑스의 북부 연안 일대를 무대로 약탈과 침략을 자행했고, 간이 커져서 센 강의 하구지대까지 침범했다. 점점 대범해져서 다른 바이킹들과 연합하여 파리 시내까지 침략하여 약탈을 자행하기도 했는데 당시 뚱보왕으로 불리던 샤를 3세(Charles III, 당시 동프랑크의 왕, 884~888년 재위)는 물러나는 대가로 금을 약속했다. 롤로와 바이킹들은 일단 금만 챙기고 계속 노략질을 했는데 해적으로서는 아주 훌륭한 전략전술이었으나 당하는 유럽 입장에서는 참으로 무서운 존재였다.

911년에 롤로가 프랑스 북동부의 사르트르 지역을 습격하자, 롤로와의 전투에서 계속 패배하던 샤를 3세(Charles III, 서프랑크 왕, 898~923년 재위, 단순왕으로 불림)는 방법을 달리하여 그를 회유한다. 프랑스 북부의 바닷가 인근 지역을 줄테니 롤로와 부하들이 정착하고 대신 다른 바이킹의 노략질은 막아 달라는 것이었다. 협상이 성공해 911년 서프랑크 왕 샤를 3세와 롤로는 생클레르 조약(Traite de Saint-Clair-sur-Epte)을 맺어 롤로는 가톨릭으로 개종한 후 노르망디 공작으로 봉해지고, 대가로 약탈을 중지하겠다고 약속한다.

롤로가 샤를 3세로부터 받은 땅에 유럽 북쪽 스칸디나비아반도의

—

프랑스 루앙(Rouen)에 있는 롤로의 동상.
약탈자에서 통치자로 변신한 사람이다.

—

2016년 미국 드라마 「바이킹」으로 부활한 롤로.

바이킹들이 정착하기 시작하는데, 북쪽에서 온 사람들이라는 뜻을 가진 Nordman(노드만)이 Norman(노르만)이 되고 그들이 사는 땅이라 해서 Normandy(노르망디)가 된다.

바이킹이었던 시절의 롤로는 890년에 프랑스 바이외(Bayeux) 지역을 침략하여 영주인 백작을 살해하고 그의 딸 포파(Poppa de Valois, 872~932)를 납치해 부인으로 삼은 적이 있는데, 살해된 포파의 아버지는 프랑스 왕가인 카롤로스대제의 현손자인 피핀 2세였다. 생클레르 조약을 맺으면서 서프랑크 왕 샤를 3세의 딸, 기셀라(Gisele Carolingians, 900~920)

를 다시 부인으로 맞는데 자기 장인이 되는 샤를 3세 역시 카롤로스 대제의 손자이다.

지금의 시각으로 보면 아주 독특한 가족사가 아닌가?

롤로는 포파와의 사이에서 난 기욤 1세에게 공작의 작위를 물려준다. 이후 직계 후손은 6대만에 단절되지만 그 사이 정략적인 혼인을 통해 영국, 프랑스 등 유럽 여러 귀족 가문의 선조가 된다. 그리고 롤로라는 이름은 루돌프(Rudolf), 로베르(Robert)라는 이름으로 유럽 전역에 퍼진다.

노르망디 공작으로 영국의 왕이 되어 정복자 윌리엄(William, The Conqueror)으로 불린 기욤 2세는 롤로의 5대 후손이다. 우리나라에도 족보를 연구하는 보학(譜學)이 있지만 서양 왕실의 보학을 연구한 자료에 따르면 윌리엄의 후손은 직계가 단절된 후에도 모계나 방계로 해서 죽 내려가면 현 영국 왕실하고도 연결이 된다고 한다. 영국 왕실이 결혼식에 하객을 초청하는 유럽 왕가들 중에서도 스웨덴 등 스칸디나비아 지역 출신 하객들이 더 많은 이유다. 해군이 강한 것도 섬나라이기도 하지만 이런 DNA가 내재되어 있는 것이 아닐까?

그런데 왜 바이킹의 후손은 노르망디에 정착해서 잘 살지 않고 영국까지 쳐들어갔을까?

영국은 지중해 출신으로 추정되는 원주민과 북방에서 이주한 스칸디나비아인들, 그리고 켈트족들이 섞여 있는 나라였다. 이후 게르만족의 이동 때 앵글족과 색슨족이 이주해 와서 앵글로 색슨족의 나라가 만들어졌다. 여러 왕국으로 나뉘어 있다가 통일된 당시의 영국왕은 참회왕이라고 불렸던 에드워드(Edward, The Confessor)였는데 후손이 없었고, 유약한 왕은 여러 사람에게 후계를 약속했다.

당시 가장 강력한 세력으로 고드윈(Godwin) 집안의 장남이자 에드워드왕의 처남이기도 한 해럴드(Harold Godwinson)가 왕위에 올랐는데, 롤로의 후손인 기욤과 노르웨이의 왕인 하랄드 3세(Harald Hardrada, Harold III of Norway)가 서로 왕위를 이어야 한다고 주장하였다. 일단 해럴드는 노르웨이의 하랄드를 물리쳐서 왕위를 유지한다.

롤로의 5대손이자 이제는 프랑스화 된 바이킹의 후예인 노르망디의 공작, 기욤은 본인이 적통 왕위 계승자라 주장하며 5천 명의 기병대를 이끌고 도버해협을 넘어간다. 그리고 타고 온 배에 구멍을 뚫어 수장시켜 버리는 백제 계백 장군과 같은 결기를 보이자 돌아갈 길 없는 기병대 5천 명은 죽음을 각오한 결사대가 되어 영국의 해럴드왕과 사투를 벌인다.

지금은 도버해협에서 1시간 정도 거리인 헤이스팅스(Hastings)에서 기마병 중심의 기욤군대가 해럴드왕이 이끄는 보병 중심의 영국군에 승리한다. 1066년 10월 14일에 일어났던 일이다. 유럽의 역사에서는 빠지지 않고 등장하는 대사건이 일어난 것이다.

기욤의 기병대에 짓이겨진 해럴드왕의 시체는 그 애첩이 겨우 찾아내었으나 편안히 잠들지 못한다. 해럴드왕의 실제 몸 크기만큼의 황금을 줄 테니 시신을 돌려달라는 해럴드왕 어머니의 제안을 거절하고 기욤은 해럴드왕과 영국 병사들의 시체가 짓이겨진 전쟁터 위에 승전 기념비를 세운다. 그리고 그해 크리스마스에 영국 왕 윌리엄 1세로 등극한다. 이후 200년이 넘는 기간을 기욤이자 윌리엄왕으로 대표되는 프랑스 세력은 완벽하게 영국을 통치한다. 당시 영국의 앵글로 색슨족은 200만 명 정도로 추산되는데 어떻게 1만 명 정도의 프랑스 노르망디 사람들이 통치할 수 있었을까?

먼저 정복 왕 윌리엄은 웨일스와 스코틀랜드 지역을 자신에게 충성했던 신하들에게 모두 하사하였다. 제후들이 봉토로 하사받은 영지를 그들의 봉신들에게 재 분봉할 수 있게 해줌으로써 각각의 기사가 하나의 봉토를 안정적으로 보유할 수 있도록 봉건제의 기초를 세웠다.

이렇게 설립된 봉건제에 토지조사 사업을 아주 정밀하게 실시하여 확실한 지배권을 확립한다. 정복 20년 후에 실시한 토지조사 사업은 『둠즈데이 북(Domesday Book)』에 기록 되었는데, '둠즈데이'란 최후의 심판 날을 의미하고 이 장부의 기재사항이 최종적 권위라는 뜻에서 그렇게 명명하였다고 한다.

『둠즈데이 북』에는 토지의 소유자와 경작자, 면적과 재산가치, 가축과 쟁기의 수 등 장원의 실태가 자세히 조사되어 있는데 너무도 철저해 소 한 마리, 돼지 한 마리조차 조사에서 누락되지 않았다고 한다. 국왕은 이 기록을 토대로 장원의 일 년 수입을 정확히 계산하고 영주들에게 세금을 부과할 수 있었다.

또 『둠즈데이 북』을 통해 기존의 귀족들을 축출할 수도 있었다. 약 4,000~5,000명의 앵글로 색슨 귀족들이 토지를 빼앗겼는데 빼앗긴 토지는 새로 부상한 노르만 영주와 왕실과 성직자들에게 재분배되었다. 결국 1만 명의 프랑스 신세력이 200만 명에 이르는 앵글로 색슨인들을 지배하게 된 물질적 기초가 완성된 것이다.

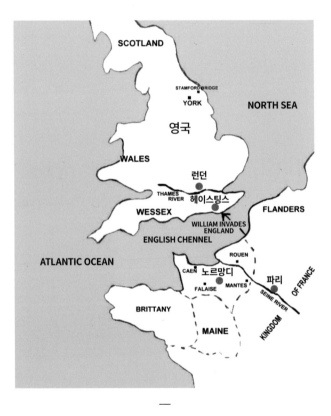

헤이스팅스 전투에서 영국이 이겼다면 지금 노르망디가 영국 땅일까?

야만이 빚어낸 최고의 문화상품

사법권을 장악하여 정치를 담당한 지배계층에서 잉글랜드인을 축출하는 작업도 시행하였다. 숙청 작업은 아주 철저하게 진행되었는데 『둠즈데이 북(Domesday Book)』을 보면 이 당시 앵글로 색슨 계통의 잉글랜드 귀족 가운데 영향력을 발휘할 수 있는 귀족은 단 2명에 불과했고, 윌리엄으로부터 토지를 수여받은 대제후 200여 명이 잉글랜드의 모든 땅을 소유하고 다스렸다고 한다. 물론 이들 대제후 200여 명은 대부분 노르만인으로서 정복 왕과 함께 노르망디에서 잉글랜드로 건너온 사람들이었다.

지도층을 정비한 윌리엄은 1070년경부터 교회의 주교와 수도원장을 노르망디인으로 교체하기 시작하였다. 이후 잉글랜드에서는 앵글로 색슨인을 주교나 수도원장에 임명하지 않음으로써 당시 일반인들이 삶에 막대한 영향력을 행사하는 종교마저 장악하게 되었다.

유력한 노르만 제후들에게는 각자의 신민에 대한 경찰재판권이 부여되었으며, 대제후에게는 교수대를 가질 수 있는 권리도 주었다. 그리고 1086년 윌리엄은 대제후들에게 분봉 받은 봉신들을 소집하여 직속 주군에 대한 충성보다 왕인 자신에 대한 충성을 우선하는 충성 서약을 하게 함으로써 11세기의 혼란스런 유럽 대륙에 비해 질서 잡힌 자신의 왕국을 만드는 데 성공한다.

영어 한마디 못했다고 알려진 프랑스인 기욤은 당연히 프랑스어를 왕실 언어로 썼다. 그러니 영국 농노들이 소(Cow)를 키워오면 프랑스인이 주인인 영국 왕실에서는 Cow Meat(소고기)라 부르지 않고 Boeuf

Steak라 부르다가 이것이 Beef Steak로 정착된 것이다. 그런 면에서 본다면 1066년 헤이스팅스 전투는 세계사를 바꾼 전쟁으로 볼 수 있는데, 이 전쟁을 기록한 카펫이 발견되어 역사가들의 연구 대상과 주제가 되어 있다.

길이 70m, 폭 51cm, 무게 350kg에 달하는 직물(아마포)에 수를 놓고 11세기에 만들어진 것으로 추정되는 카펫은 사료로서의 역사적 가치가 너무 중요해 유네스코 세계문화유산에 등재되어 있다. 「바이외 태피스트리(Bayeux Tapestry)」라 불리는 이 작품에는 헤이스팅스 전투 장면이 아주 사실적으로 그려져 있는데, 캐나다 요크대학교 미술사 교수인 셜리 앤 브라운(Shirley Ann Brown) 교수는 다음과 같이 설명한다.

"바이외 태피스트리는 놀라운 예술 작품이다. 이 작품은 11세기에 살았던 사람들의 삶을 표현하고 있을 뿐만 아니라 두 나라의 역사를 바꾼 사건을 묘사한 역사적인 문헌이기도 하다. 「바이외 태피스트리」라고 알려진 자수 작품은 약 275년 동안 연구·조사·가설의 대상이 되어 왔다. 그리고 역사가·학자·소설가·언론인 및 기타 여러 사람에 의해 연구되었다. 1720년 발견되어 왕립아카데미에 전시된 이래 이 태피스트리에 관한 여러 가지 생각들은 500종이 넘는 출판물의 주제가 되었다."

바이외 태피스트리 박물관(Musee de la Tapisserie de Bayeux)에 소장된
헤이스팅스 전투를 기록한 태피스트리.

"역사를 다루고 있는 이 태피스트리는 일반적으로는 중세, 특징적으로는 11세기의 생활을 알 수 있는 중요한 원천 자료이다. 즉 이것은 르네상스 시기의 여러 문학 및 예술 작품들과 마찬가지로 특정한 서술 기법과 상징을 사용하는 문헌적 기록이다. 또한 고유한 작품으로서 그와 비교할 만한 것은 없다. 오늘날까지도 신비로운 요소를 유지하고 있으며, 몇 가지 의문점은 아직도 완전히 해명되지 않고 있다."

내가 OECD 본부에 근무하던 시절 규제개혁에 관한 회의가 있으면 각국 대표들이 주제에 관한 발표와 토의를 하는데 주로 파리 16구에 위치한 OECD 본부에서 OECD 공식 언어인 영어와 프랑스어로 진행되었다. OECD 측에서 영·불 동시통역사를 고용하여 동시통역 서비스를 제공하였는데, 발표자들은 주로 영어로 발표하였다. 프랑스어도 공식 언어라고 하지만 세계적으로는 영어가 대세이고 프랑스어를 쓰는 국가들은 과거 프랑스 식민지였었던 아프리카 국가와 벨기에 정도였다.

같은 회원국이지만 미국 대표가 발표를 하면 장내가 갑자기 조용해지면서 발표자에 이목이 집중된다. 이탈리아 대표의 발표는 발표인지 농담인지 모를 정도로 항상 여유와 유머를 추구하는 인상을 받았다.

어느 날 인텔리 느낌이 물씬 나는 영국 여성이 발표하게 되었는데 자기소개만 영어로 한 후 "지금부터는 프랑스어로 하겠습니다." 하고 실제 프랑스어로 발표하는 것을 듣고 깜짝 놀란 적이 있다. 영국 대표인 것을 다들 아는 상황에서 모든 참석자가 조용히 그녀의 프랑스어 발표를 지켜봤는데 나는 못 알아들었지만 거의 모국어와 같은 수준으로 발표하고 있다는 것을 느낄 수는 있었다.

발표 후 회의주재자는 내용도 좋았지만 훌륭한 프랑스어에 감사하다는 말을 했다. 나에게는 경이로운 순간이었고 또 한 번 좌절한 순간이었다.

말이 나온 김에 그러면 영국은 언제 프랑스어권에서 벗어나게 되었을까?

알다시피 왕실과 통치자들은 소수이고 다수는 영어를 쓰는 영국 민초(民草)들이었으니 영어가 일반 대중에 퍼지기 시작한다. 1215년에 영국 왕이 함부로 세금을 매기고 형벌을 행사하지 못하게 하는 「대헌장」(영어로 Great Charter, 라틴어로 마그나 카르타 Magna Carta)이 제정되었지만 이를 서명한 존왕 이후에 실제로는 잘 지켜지지가 않았다. 이에 영국 귀족들이 반기를 드는데 이 반란을 주도한 이가 프랑스인 출신 영국 귀족 시몽 드 몽포르(Simon de Montfort)였다.

이 반란에 성공한 귀족들은 당시 왕 헨리 3세에게 「대헌장」의 세부사항으로 「옥스퍼드 조례(Provisions of Oxford)」를 만들고 이를 잘 지키라고 압박한다(1258년). 이 「옥스퍼드 조례」가 영어로 기록되었다. 공문서를 프랑스어로 기록하던 것이 깨진 것이고 이때부터 영국인이 영어로 자신들의 정체성을 만들어 나간 걸로 보는 것이 맞을 것 같다. 그러면 한 200년은 영국이 프랑스어권이었던 것이다.

Toilet, Restroom 또는
어디 손 씻을 데가 있을까요?

8

나는 프랑스 파리에서 2년간 거주한 경험이 있다. 여행이나 출장으로 잠시 머무른 것이 아니라, 가족과 함께 삶을 영위해야 하는 파리는 좋은 점도 있고 정떨어지는 점도 많은 애증을 남기는 그런 도시다. 낭만적으로만 보이는 파리의 이면 중 하나는 파리 시내가 생각보다 훨씬 지저분하다는 것이다. 쓰레기도 많이 널브러져 있는 편이지만 운이 나쁘면 간혹 개똥이나 사람 똥을 밟게 된다.

파리의 야경에 도취되고 몽마르트르의 아우라에 취해 파리를 사랑하는 사람들에게는 불경스런 말일 수도 있으나 파리에서 1년 이상 살아본 사람이면 누구나 공감하는 일이라고 장담할 수 있다. 파리에는 공중화장실이 별로 없다. 또 우리나라처럼 화장실 인심이 후한 편이 아니다. 항상 누군가가 지키고 앉아서 동전을 받는다.

프랑스 파리의 루브르 박물관에 전시돼 있는 이아생트 리고(Hyacinthe Rigaud)의 1701년作
루이 14세. 프랑스 브루봉 왕가의 백합문양에 왕이나 귀족만 사용하던 빨간색 하이힐을 신은
루이 14세.

레스토랑에 들어가서 화장실을 쓰기도 쉽지 않고 맥도날드에서도 햄버거를 사먹지 않으면 화장실 비밀번호를 받기가 쉽지 않다. 그래서 급한 경우 카페에서 커피를 한잔 시켜 놓고 화장실을 사용하는 것이 여행의 노하우이기도 하다.

파리 사람들은 어떻게 하는가?

내가 파리에 살던 초창기 나의 주요한 관심사였는데 내 아파트 옆에 조그만 공원이 하나 있었다. 작은애나 큰애나 남자아이나 여자아이나…. 파리 시내의 전철에서 나는 냄새의 정체를 알 수 있는 순간이었다. 태양왕이라는 별칭을 들었던 프랑스 루이 14세가 베르사유궁전에서 멋지게 서 있는 그림을 보면 여자 하이힐 같은 구두를 신고 있는 모습이 있는데, 이는 당시 베르사유궁전에 화장실이 없어 신하들이 궁전 안에서 일 처리한 똥을 밟지 않기 위해서 굽 높은 하이힐 같은 구두를 신었다는 설이 있다. 키가 작았다고 알려진 루이 14세가 신하들에게 꿀리지 않으려 키높이 구두로 하이힐을 신었다는 설도 최근에 이 책을 쓰면서 프랑스에 정통한 사람으로부터 듣게 되었다. 어느 것이 정설인지 역사를 찾아가는 재미는 독자들께 맡겨 보고 싶다.

2003년도에 중국 청도를 여행한 적이 있는데 청도는 우리에게 칭따오 맥주로 유명하고 중국의 독일이라고 불리기도 하는 아름다운 곳이다. 열강이 중국을 침탈하던 시절 독일의 조차지였기 때문에 맥주가 일찍이 독일인에게서 전수되어 지금은 세계적인 칭따오 맥주가 생산되고 장제스 별장이 있었다고 하여 나름대로 유명한 관광지이다.

당시만 해도 중국의 공중화장실은 옆 사람과의 칸막이가 없었다. 중국인 서너 명이 쭈그리고 앉아 담배를 피면서 서로 간혹 얘기도 하면서 큰일을 보느라 앉아 있는 모습을 보는 것은 아주 강렬한 충격이었다. 다행히 남녀공용은 아니었지만 혼비백산할 일이다.

중국은 2008년 베이징 올림픽 개최를 전후해서 서구인에게 야만적이라고 알려진 화장실 문화를 개선하고 있다. 시설을 깨끗하게 교체하는 하드웨어 개선도 중요하고 표현하는 방법을 세련되게 하는 것도 중요하다.

그러면 문명화된 사회에서의 화장실 문화는 어떤 것이 가장 적절한 것일까? 미국이나 유럽, 우리나라와 같은 아시아권에서도 가장 보편적인 표현은 남녀를 상징하는 이미지가 그려진 Restroom(레스트룸)이다. 휴게실이 아니라 화장실이다. 그러면 "Where is a restroom?"이라고 물어 화장실을 찾아가면 가장 무난할 것이다. Restroom(레스트룸) 대신 Toilet(토일릿)은 영국식 영어라고 하고 프랑스어권에서도 Toilette(트왈레트)를 많이 쓰니 유럽에서는 일반적으로 상용화된 표현이다. 러시아에서도 급한 대로 Toilette(트왈레트)가 Restroom(레스트룸)보다는 더 잘 통했다.

'W.C.'라는 표현이 80년대에는 많이 쓰였는데 'Water Closet'라고 수세식 변기라는 표현이니 당시 재래식이 많던 시절이라 이렇게 쓰지 않앉나 싶다.

　이집트나 중동권을 여행하면 공공장소의 화장실이 좌변기가 아닌 그냥 수세식인 경우가 많다. 전쟁 중에 들판에서 구덩이를 파고 해결하던 시절을 비교해 보면 공공위생에도 좋고 진일보한 것은 맞지만 굳이 무난한 Restroom(레스트룸)이라는 표현을 쓰면 될 것을 W.C.라는 표현을 쓸 필요는 없을 것 같다.

　파리나 미국의 레스토랑이나, 아니 요즘은 훨씬 더 멋있는 한국의 음식점에서는 어떤 표현이 좋을까? "Where is a restroom?"이면 무난할까? 좀더 세련된 표현이 있다. 고급 레스토랑이거나 주요 컨퍼런스가 열리는 행사라면 종업원 또는 진행 요원들에게 "Where can I wash my hands(어디서 손을 씻을 수 있을까요)?"라고 묻는 것이 격에 맞고 우아하다. 그것이 무엇을 뜻하는지는 보통 상식으로 다 아는 것이고, 서구에서는 훨씬 더 점잖은 표현이다.

　멋있게 차려입은 신사나 숙녀가 서로 얼굴 빤히 바라보면서 "나 화장실 좀 다녀올게?"라고 얘기할 필요는 없다. 손좀 씻고 온다거나 아니면 그냥 잠시 다녀오면 되는 것이다. 고위직들끼리의 외교 회담이거나 비즈니스 미팅에서도 굳이 Restroom(레스트룸)을 언급할 것이 아니라 잠시 손 씻고 온다고 하면 아주 훌륭한 표현이 된다. 캐나다에서는 아예 Washroom(워시룸)이라는 표현을 일반적으로 쓰기도 한다.

　간혹 영어칼럼이나 회화형 영어책에서 'No1 or No2?' 식으로 묻는 형식으로 소변이냐 대변이냐를 설명하려는 것을 본다. 한술 더 떠서 화장실 갈 때 'Nature calls(자연이 부른다)'라는 식으로 표현하라고 하는 것을 볼 수 있다. 굳이 그렇게 복잡하고 일반적이지 않은 표현을 외워 쓸 필요가 있을까 싶다.

손을 씻으러 갈 때나 레스토랑에서 잠시 자리를 비울 때 중요한 사실이 하나 있다. 식사 중 무릎에 덮는 냅킨 비슷한 식탁보를 내 의자에 놓으면 '식사 중 잠시 자리를 비운 것이니 건들지 마세요'라는 사인이다. 이 식탁보를 테이블 위에 올려놓으면 '식사가 다 끝났다'는 신호이니 웨이터들이 식탁을 정리한다. 행여 식탁보가 구겨져서 테이블 위에 있으면 100% 치워달라는 사인으로 해석하니, 잠시 다녀왔는데 모든 것이 치워져 있다면 얼마나 황당할까? 웬만하면 의자 위에 놓고 아무 말 없이 걸어 나가기만 해도 다 알아듣는다.

잘못 하면 중국 청도에서와 같은 문화적 충격을 받을 사람이 있을 수도 있으니, 절대 눈 빠히 뜨고 테이블에 있는 모든 사람들에게 Restroom(레스트룸)을 간다는 걸 알리고 나갈 필요가 없다.

미국의 여 교수님이 말했다.
"애들 앞에서 함부로 내 이름 부르지 마!"

9

서양 사람들과 처음 만나면 보통 악수를 하고 서로의 이름을 이야기한다. 명함을 받으면 조금 낫겠지만 그렇지 않은 경우 영어로 전달되는 상대방의 성과 이름을 정확히 기억하고 부르기는 쉽지 않다. 명함을 받았을 때에도 상대방을 어떻게 부르는 게 가장 정확하고 예법에 맞는 것일까? 만약 미국 대통령 도널드 트럼프(Donald Trump)를 소개받는다면 그를 어떻게 부르는 게 제일 무난할까?

나는 서양 사람들은 성과 이름이 있으면 주로 이름을 부르고 심지어 부모한테도 You로 편하게 부르는 게 그들의 보통 예법이라고 배웠다. 만약 내가 미국 대통령을 공식석상에서 처음 만나 "Hey, Donald!"라고 부르면 어떤 일이 생길까? 민주당 대통령을 지낸 빌 클린턴(Bill Clinton)을 만나 "Hello, Bill!"이라고 부르면 정치색이 다른 클린턴 대통령은 어떻게 반응할까?

나는 2000년에 상대적으로 늦은 나이에 미국 중부에 있는 미주리 주립대학의 경제학과로 박사과정 유학을 떠났다. 미국 대학에서 제일 인기 있는 분야는 졸업 후 가장 돈을 많이 벌 수 있다는 의과대학·로스쿨·MBA인데 경제학개론은 대부분의 대학에서 교양필수 과목으로 지정되어 있기 때문에 수강생이 많다. 그러다보니 경제학과에서는 Teaching Assistant(T.A. 티칭 어시스턴트)라 불리는 조교를 많이 뽑는다. 조교는 보통 등록금이 장학금으로 나오고 운이 좋으면 약간의 학비를 벌 기회도 생기기 때문에 한국인이나 중국인들이 조교로 많이 지원한다. 어찌 보면 다들 어려운 유학생활에서 조교를 하느냐 못 하느냐는 장학금을 받느냐 못 받느냐의 문제이니 생사여탈의 문제로도 연결된다.

미국 대학의 교수들도 경제학 분야는 하버드나 예일대 같은 동부의 아이비리그 대학은 유대인들이 많고, 미주리 대학 같은 중부권의 대학에는 주로 전형적인 백인 교수들이 주류이고, 중국인 교수들도 약간 있는 편이다. 미주리 대학이 위치한 컬럼비아 시는 중부 지역에 위치한 전형적인 미국의 중소 도시이다. 2시간 거리의 세인트루이스에 흑인 슬럼가가 형성되어 있는 것과는 달리 허드렛일들도 백인들이 할 정도로 백인 중심, 농업 중심의 보수적인 도시이다.

어느 날 경제학과에 젊은 백인 여 교수가 초임으로 부임하여 왔고 초임에 여자 교수라는 점이 가미되어 수업도 무지 열심히 하고 숙제도 많이 내어주시고 했었다. 경제학개론 시험은 1~2학년의 경우는 주로 객관식에다 수학적으로 푸는 문제가 많이 출제된다. 학생들이 많이 듣는 대형 강의라 T.A.들은 경제학 시험이 있는 날이면 시험 감독으로 동원되었는데, 주로 한국인이 다수인 T.A.들은 강의교수님의 지시에 따라 시험 감독을 하고 답안지를 수거하고 채점까지 한다.

이 여 교수님의 시험에 감독으로 동원된 조교들 중 한국인 한 명은 한국 T.A.들 중에서는 영어를 제일 잘한다고 알려져 있었는데 시험장에서 교수님의 성과 이름 중 이름(페트리샤, Patricia라고 기억된다)을 그날따라 유독 많이 부르며 친한 척을 했다. 사실 그 둘은 한국인 조교가 나이가 더 많고 둘이 그렇게 친할 만한 사이는 아니었는데 그날따라 조교가 "Hey, Patricia"라고 몇 번이나 부르면서 약간은 교수와 대등한 듯 대화를 했다고 한다.

그러자 시험 감독 중 이 페트리샤 교수님이 그 조교를 복도 밖으로 불러내어 말했다.

"학생들 앞에서 내 이름, 즉 First Name을 함부로 부르지 마라!"

너는 박사과정 학생이고 조교로서 시험 감독을 하는 것이지 나랑 친구가 아니다. 그러니 함부로 페트리샤(Patricia)라고 부르지 말고 Professor라 부르라고 경고를 주었다고 한다. 이를 어길 경우 학과장에게 보고하여 너의 조교 자격을 박탈하고 기타 불이익을 주겠으니 알아서 행동하라고 미국인답게 한 번 더 압박을 가하였다 한다. 황당하기도 하고 분하기도 하여 씩씩거리는 한국인 조교와 동병상련의 커피를 마시면서 한편으로는 자유분방하다고 알려진 미국인들이 성과 이름, 즉 First Name과 Family Name을 구분하여 사용한다는 것을 보고 무지 놀랐다.

톰 크루즈(Tom Cruse)와 존 람보(John Rambo)가 만났을 때 일반적인 미국인들은 서로 '톰'이라 부르라고 하거나 '존'이라고 부르라고 한다. 그런데 약간 공식적인 석상에서 처음 만나거나 위치가 있는 사람들의 첫 만남이라면 반드시 그의 성을 따라 'Mr. Cruse'라고 얘기를 시작하고 'Mr. Rambo'라고 불리기를 원한다. 서로 적의가 없다는 ice breaking이 일어나고 난 다음 '톰'이라고 부르라거나 '존'이라고 부르라고 한다. 존대어가 미국어에는 없지만 'Sir'라는 말은 아직도 존재하고 영어의 문체나 말의 어투에는 존대어가 남아 있다.

도널드 트럼프(Donald Trump)를 처음 만나 필자가 "Hey, Donald!"라고 부르며 어깨를 툭 쳤다면 당장 미국 대통령의 트위터에 나의 행동이 자기가 겪은 황당 사건 1호로 올라갈지도 모를 일이다. 'Mr. Trump' 또는 그보다는 그의 직책을 불러 'Mr. President'라고 부르는 게 정중하고 무난한 호칭이다.

우리나라는 '홍'씨 성에 '길동'이라는 이름을 가지고 있으면 보통은 '홍길동' 씨라고 부른다. 처음 만나서 그냥 '길동'이라고 부르는 것은 친인척 관계를 제외하고는 거의 일어나지 않는 일이다. 요즘은 '홍길동'

씨도 달가워하지 않는 사람들이 많이 '홍 선생님'이라고 부르거나 그냥 '홍 사장님'이라고 높여서 불러준다. 부모가 주신 이름, 본명은 진짜 귀한 것이기 때문에 족보에 곱게 올려놓고 어릴 때는 천하게 '개똥이' '소똥이'라는 아명(兒名)으로 부르다가, 성인이 되면 대외적으로 '자(字)'라는 이름을 가지고 활동하고, 더 나이가 들면 '호(號)'를 지어 서로 호칭하는 것이 옛날 유교권 선비들의 풍습이었다.

예를 들어 추사체(秋史體)로 유명한 김정희(金正喜)를 찾아보면, 본관은 경주, 자(字)는 원춘(元春), 호는 추사(秋史), 이런 식으로 대부분 나온다. 우리가 아는 대부분의 조선 선비는 당시에 사회생활을 하던 이름, 자(字)가 있고 나이 들어 호(號)로 서로를 통성명했으며 본명은 족보에 모셔 놓고 있었다.

그 문화가 남아 우리나라는 함부로 남의 이름을 부르지 않을 뿐만 아니라 연장자가 누구인가가 아주 중요한 일이다. 나이 어린 직장 상사가 직급이 높다고 나이 많은 부하 직원을 함부로 칭하는 것은 예의를 모르는 막돼먹은 사람으로 분류된다. 현재의 직장에서 명퇴를 당했을 경우 다른 직장에 가서 나이 어린 사람들을 직장 선배로 다시 모셔야 하는 상황은 한국 직장인으로서는 아주 고통스런 상황이다.

그래서 사실은 우리나라 기업문화는 일본처럼 종신고용이 선호되는 편이다. 미국은 A 회사에서 B 회사로 옮겨 가더라도 보통은 나이에 상관없이 '톰' '존' 하고 서로 부르기 때문에 호칭에 따른 스트레스가 적은 편이다.

그런 미국 사회도 예절이 바르다고 알려진 동방예의지국에서 온 학생이 학부 1~2학년생들 앞에서 'Professor'라고 부르지 않고 "Hey, Patricia"라고 맞먹듯이 부르는 데 자신의 권위가 깎였다고 화가 났었던 것 같다.

일반적인 미국인들은 성 대신 그들의 이름이 불리는 것에 크게 민감하지는 않은 것 같다. 그런데 미국의 박사학위 논문이나 주요한 공식기록을 보면 항상 성부터 쓰고, 콤마를 쓰고 이름이 나온다. 예를 들면 박사학위 논문의 저자라면 참고문헌에 기록될 때는 'Donald Trump' 대신 'Trump, Donald'라고 쓰는 것이다.

프랑스는 어떨까? 프랑스어에는 존대어가 있다. '너'라고 할 때는 'Tu(뛰)'라고 얘기하지만, '당신'이라고 높여 부를 때는 'Vous(부)'라고 호칭한다. 'Vous(부)'라고 서로 부르다가 친해지면 서로의 동의하에 'Tu(뛰)'라고 부른다. 'Tutoyer(튀타예, tu라고 부르기)'라고 우리나라 말로 니 네도리 하면서 친구 먹는 것이 가능해지는 것이다.

프랑스어에서 가장 많이 쓰이고 이것만 알아도 생존이 가능한 단어는 'S'il vous plaît(실부플레)'이다. 영어로 Please라는 말인데 심지어 내가 레스토랑이나 커피숍에서 음식을 시켜도 종업원에게 '실부플레'라는 말을 많이 쓴다. 함부로 'Tu(뛰)'라고 하지 않는다.

내가 만일 도널드 트럼프(Donald Trump)랑 친해지면 그를 어느 정도까지 부를 수 있을까? 그가 허용한다면 '도널드(Donald)'라고 부를 수 있을 것이고, 더 친해지면 '도널드(Donald)'의 애칭인 'Don' 또는 'Donny'라고 부를 것이다. 그 정도까지 부를 수 있는 사람이 과연 한국에 있을까?

내가 간혹 나가는 테니스 클럽에는 일본인이 있다. '다찌바나 히로꼬' 씨인데 한국에 시집와서 테니스도 잘치고 우리나라 말도 아주 잘하는 40대이다. 클럽에서는 '히로꼬'로 불리고 처음 소개받는 분들도 그냥 '히로꼬'로 부른다. 내가 소개받고 한동안은 일본식으로 그녀를 존중하는 호칭인 '다찌바나상'이라고 불렀다. 어느 날 그녀는 자기를 정중하게 불러주어 너무 고맙다고 했다. 한국에 시집와 일본풍을 고집할 수 없는 처지에 자기를 존중해 주는 호칭을 해 주어 너무 고마웠고 앞으로는 '히로꼬'로 불러달라고 했다.

나는 미주리에서의 에피소드와 파리에서의 생활에서 동서양을 막론하고 관계의 시작은 적정한 호칭임을 깨닫고 혹시나 해서 그녀의 성인 '다찌바나'에 일본인들이 존대의 의미로 붙이는 '상'을 붙여 '다찌바나상'이라고 불렀을 뿐인데…

동서양에 공통으로 처음 만났을 때 연령과 지위고하를 막론하고 성인 남녀의 이름을 너무 쉽게 부를 일이 절대 아니다.

김정균, 2003년 윤다훈과 무슨 일이…
호칭문제로 징역까지?

배우 김정균이 '불타는 청춘'으로 복귀에 성공한 가운데 과거 윤다훈과의 폭행사건이 다시 눈길을 끌고 있다.

지난 10일 SBS '불타는 청춘'에 출연한 원조 하이틴 스타 김정균이 남다른 개그감으로 시청자들의 웃음을 자아냈다. 특히 이날 방송에서 김정균은 10년간의 공백기와 배우 윤다훈과의 폭행 사건에 대해 언급했다.

앞서 지난 2003년 김정균은 술자리에서 호칭문제로 인해 윤다훈과 다툰 바 있다. 1965년생인 김정균은 호적상 1967년생인 윤다훈을 동생이라 생각하

고 말을 놓았다.

실제 나이가 1964년생인 윤다훈은 이에 크게 분노해 김정균을 폭행한 것으로 알려졌다. 이 폭행사건으로 인해 김정균은 당시 실명 위기까지 처할 정도로 크게 부상을 입었다. 윤다훈은 코뼈에 금이 갔다.

두 사람은 합의에 실패했고 이후 맞고소로 이어져 오랜 법적 공방을 펼쳤다. 윤다훈은 징역 10월 집행유예 2년을 김정균은 징역 6월에 집행유예 2년을 선고받았다. 하지만 김정균은 이틀 항소해 무죄판결 받았다.

—

한국사회의 남자들,
누구에게나 일어날 수 있는 일이다.

공항으로 가든 항만으로 가든
CIQ 기관을 무조건 통과해야 한다

#10

　우리가 해외로 나가 다른 나라를 여행하거나 비즈니스를 하려고 할 때 여권이 있는지 없는지를 먼저 생각한다. 내일 비행기를 탄다고 생각하고 긴장하면 칫솔 챙기는 데 너무 신경을 쓰다가 여권을 빼먹고 공항에 나타나는 경우도 있다. 가장 중요한 것은 여권이다. 그래야 일단 해외로 나갈 수가 있다. 왜 주민등록증을 보여 주고는 해외로 나갈 수가 없는 걸까?

　우리나라 여권만 가지고는 외국에서 입국을 허용하지 않는 나라도 많다. 비자(Visa)라고 불리는 입국허가증을 그 나라 정부에서 받아야 한다. 라틴어에서 유래한 Visa라는 말은 1차 세계대전 중에 유럽 각국이 스파이의 입국을 방지하기 위해 허가하면서 현재와 같은 출입국 체계를 갖추게 되었다.

미국을 가려고 하면 일단 우리나라 외교부 여권과에서 여권을 발급받아야 한다. 우리나라 행정이 성숙하고 해외 여행객이 늘면서 구청에서도 여권 업무를 하고 있지만, 각국은 본래 자국 외교부 책임하에 자국민에게 여권을 발급한다. 1980년대에는 우리나라에서 해외여행 자유화가 허용되기 전이었기 때문에 여권 발급에도 시간이 많이 걸렸다. 홍길동이라는 사람이 나가서 그 나라 체제에 반하는 활동을 하지나 않을까 하는 우려와 의심이 있었기 때문에 여권을 발급받는 데도 신원보증인이 필요했고 절차가 매우 복잡했다.

50세 이상인 대한민국 국민에 한하여 당시 금액으로 200만 원 이상의 은행예금을 담보로 들게 하고, 반공교육을 필수로 이수한 사람에 한하여, 그것도 1년에 한 번 해외여행을 가는 조건으로 여권을 발급했었다.

우리나라는 1988년 서울올림픽 개최를 계기로 해외여행을 자유화했다. 그 전의 번거롭고 정부의 허가를 필요로 하는 복잡한 절차에서 벗어나 이제는 돈만 있으면 아무 때나 비행기 표를 사서 나갈 수 있는 상황이 되었다. 그러나 내가 가고 싶다고 해서 지구상의 모든 나라가 나를 마음대로 받아주는 것은 아니다. 세계 각국의 출입국 관서에서 들어오겠다는 사람을 철저하게 심사해서 입국을 허용한다. 입국해서 혹시 사고 칠 사람은 아닌지 간첩은 아닌지 여부를 판단하고 입국해도 좋다는 허가증서를 여권에 찍어주는데 이것이 비자이다.

미국이라는 나라를 보면 세계 각국에서 서로 들어가려고 줄을 선다. 뉴욕을 구경하고 싶어서 들어가겠냐는 사람, 비즈니스를 해 보겠다는 사람, 하버드 대학에서 공부를 하겠다는 사람 등등 세계 194개 국의 모든 사람들이 미국을 들어가 보고 싶어 한다. 멕시코에서는 아예 미국으로 들어가 거기서 적당히 눌러 앉아 살고 싶어 하는 사람들도 많다. 그래서 세계 어느 나라든 미국대사관 앞에는 미국 입국 비자를 받으려는 사람들이 장사진을 이룬다. 우리나라도 한때는 비자인터뷰를 받으려고 광화문 미국대사관 앞에 100미터 이상 줄을 서기도 했다.

내가 아는 어떤 분이 1990년경에 미국에 거주하는 딸을 보려고 입국비자를 신청하고 비자인터뷰를 갔다고 한다.

"왜 미국에 들어가려고 하느냐?"

"진짜 딸이 맞느냐?"

"미국에서 눌러 앉을 계획은 혹시 없느냐?"

당시에 30살 정도 어린 미국 심사관이 이런 질문을 꼬치꼬치 묻는 통에 열이 받아 그만 소리를 지르고 나와 버리고 말았다고 한다. 우리나라 사회에서 그런 수모를 당한 적이 없는 분이었는데 그분은 그 상황을 이해하지 못한 모양이다. 그때나 지금이나 미국대사관에서는 눈 하나 깜짝하지 않는다. 전 세계적으로 미국 입국을 위해 줄을 서야 하고, 중동에서는 테러리스트도 많기 때문에 오히려 미국대사관 앞에는 무장 군인이 경비를 하는 경우도 많다.

1970년대와 80년대에는 일본으로 들어가는 비자가 잘 나오지 않앉다고 한다. 특히 우리나라 여성들이 관광비자로 동경으로 가서 취업을 하고 사라져 버리니 주한 일본대사관에서는 우리나라 젊은 여성의 경우에는 비자 심사를 아주 까다롭게 했다고 한다. 결국 한 국가의 영토를 떠나 남의 나라 영토에 들어가는 것은 자국에서는 외교부가 발급하는 여권을 받아야 하고, 해당 국가에서는 그 나라 출입국당국(주로 법무부)이 들어와도 좋다고 발급해 주는 비자를 받아야 한다.

본질적으로 둘 다 받기가 쉽지 않았다. 중세 시대에는 농노의 경우 거주 이전의 자유가 없었다. 농사와 목축을 할 사람이 없어지는데 자유여행을 허용할 리가 없었고, 자유여행은 귀족과 상류층의 특권이었다. 조선시대에는 제주도 사람은 관의 허가를 받지 않고는 제주도 밖으로 나오는 게 불법이었다. 쿠바는 2013년도에 이르러 자국민의 해외여행을 자유화하였고, 쿠바 국민 전체가 드디어 자유를 얻었다고 환호했다.

우리나라는 국력이 커져서 선진국들과도 비자를 면제하는 협정을 맺고 있다. 여권만 있으면 비자 없이도 들어갈 수 있는 No Visa Country에는 90일간 머무르는 데 아무 지장이 없다. 그래서 자유롭게 해외를 다니고 견문도 넓히고 비즈니스도 할 수 있다.

공항에서 비행기를 타든 항만에서 여객선을 타든 주권을 달리하는 경계선을 넘기 위해서는 각국 정부가 운영하는 CIQ 기관을 통과해야 한다.

'C'는 'Customs(커스텀즈)'의 약사로 세관을 뜻한다. 세계 긱국 정부가 세관이라는 관청을 두고 밀수를 통제한다. 국내 상품에 세금을 매기듯 국경을 넘나드는 사람과 상품에 세금을 매긴다. 관세는 평균 물건 가격의 10% 정도를 붙이지만 사치품인 경우나 자국 상품보호를 위해 고율의 관세를 부과하기도 한다. 어느 나라나 보통의 경우 세관은 밀수범을 잡기 위한 수사권을 보유하고 있다.

'I'는 'Immigration(이미그레이션)'의 약자로 불법 이민자나 입국자들을 모니터링하는 것이며 법무부의 출입국관리소에서 비자 없이 들어오는 외국인들을 통제한다. 외국인이 분명한데 우리나라 정부가 발행한 비자, 즉 당신이 우리나라 땅에 들어와도 좋다는 허가증서 없이 들어오겠다는 사람은 어떤 사람일까?

지금도 남미 국가에서는 멕시코를 통해 미국 텍사스나 캘리포니아로 들어가려는 사람들이 줄을 이룬다. 들어오려는 사람들이 많기 때문에 멕시코 국경은 항상 긴장상태다. 멕시코 라인이 막히면 사람들은 캐나다를 통해 들어가려고 한다. 일단 들어가면 본인은 불법 거류자로 대충 살아가지만 미국에서의 삶이 시작되고 아이를 낳기만 하면 아이는 미국시민이 된다. 부모는 미국시민의 보호자로 자격이 향상되기 때문에 이래저래 미국 사회에서 버틸 수 있게 되는 것이다.

프랑스 같은 유럽계 국가도 모로코나 튀니지 같은 북부아프리카에서 들어오는 불법 이민자들 때문에 골치를 앓고 있다. 유럽이 거의 단일 국가 비슷하게 움직이고 지형적으로도 북부아프리카에서 스페인

사이에 있는 10km 정도의 지브로울터해협만 건너면 쉽게 유럽으로 들어갈 수 있기 때문에 들어가서 그냥 눌러 앉아 사는 경우가 많다. 주로 허드렛일에 종사하기도 하고 몽마르트르에 오는 관광객들을 상대로 장사도 하면서 그냥 버티는 경우가 많다.

우리나라를 본다면 1960년대나 80년대까지만 해도 미국 이민은 우리나라 상류층에서도 로망이었고, 미국 유학을 가거나 미국시민권 또는 영주권을 획득하는 것은 로마시민권을 획득하는 것과 비슷하게 보던 시절이 있었다. 원정 출산을 감행하는 것도 미국시민권을 자녀에게 물려주기 위한 궁여지책이기도 하였는데, 80년대에 유행했던 「깊고 푸른밤」이라는 안성기·장미희 주연의 영화에서는 주인공이 영주권 심사를 대비해서 화장실 안에서도 미국 국가를 연습하는 장면이 나오기도 한다.

거꾸로 최근에는 동남아시아 국가에서 우리나라에 취업비자를 얻기 위한 노력이 대단하다고 한다. 법무부 출입국관리소도 비자 없이 취업하거나 취업 기간을 넘겨 머무르는 불법체류 외국인을 잡기 위해 특별사법경찰권을 법률적으로 부여 받아 활동하고 있다.

미국 유학 시절, 미국 사회에 먼저 정착한 어른들이 사석에서 이민청 건물만 보면 눈물이 나오고 회한이 쌓인다고 하시는 분들이 많았다. 영주권을 얻기 위해 들락날락거려야 하고 가서도 아시아의 이름 없는 작은 나라에서 왔기에 괄시만 당하던 설움이 남아 있는 것이다. 요즘은 동남아시아 국가에서는 한국 비자가 선망의 대상이다. 아울러 출입국관리소가 그들에게는 최고의 공권력이 되어 있는데 우리나라 국력이 커지면서 자연적으로 생기는 현상인 것 같다.

'Q'는 'Quarantine(쿼런틴)'의 약자로 검역을 뜻하는데 우리나라의 경우 사람에 대한 검역은 보건복지부에서, 동물과 식물에 대한 검역은 농림부에서 하고 있다. 요즘같이 의료가 발달된 상황에서도 낯선 곳에서 풍토병이 옮겨올 수 있다. 조류독감으로 이름을 떨치다가 독감이라는 말이 너무 부정적이라 이름을 바꾼 조류인플루엔자(Avian Influenza)가 발병하면 중국·일본·한국의 검역 당국은 긴장한다. 어느 나라에서 먼저 발병되었고, 어디로 전파될 것인가?

호흡기증후군이라 불렸던 사스(SARS)는 중국에서 사향고양이를 식용으로 쓰다가 발병되어 한국으로 전파되었다고 알려져 있다. 중동에 여행 가서 낙타와 접촉한 후 메르스(MERS)바이러스를 가져왔다고 감염 경로가 추적되었기 때문에 해외여행에서 돌아오는 사람을 제일 먼저 맞이하는 것은 보건복지부 검역관리소 직원들이다. 풍토병균이나 바이러스가 전파되는지 안 되는지 먼저 살펴야 하는 것이다.

Quarantine은 전염병 예방을 위한 '격리' '교통 차단' '검역의' '검역하다'라는 뜻을 가지고 있지만, 본래 어원은 40이라는 아라비아 숫자이다. Forty를 뜻하는 이탈리아어 'quaranta(쿼란타)', 40일간을 뜻하는 프랑스어 'quarantina(쿼란티나)'에서 나온 말이다.

몽고가 원나라를 세운 후 유럽을 정벌할 때 항복한 성은 살려두었으나 끝까지 저항할 경우 남녀노소를 가리지 않고 살육했고, 말 위에서도 활을 쏘는 몽고 병사는 유럽에 있어서 상상초월의 군사집단이었다. 몽고가 유럽의 성을 공격하다가 안 되면 전투 중 사망한 시신을 투석기에 올려 성안으로 쏴 올렸는데 이 시신에서 흑사병이라는 페스트가 발병하였다는 설이 있다. 이 설에 따르면 몽고병과의 전투에서 살아남은 유럽 상인이 지중해를 거쳐 제노바로 돌아가는 과정에서 페스트균을 옮겨갔다고 한다.

그때의 의학 수준으로는 발병 원인과 치료법을 몰랐기 때문에 해외에서 들어오는 여행자나 상인은 무조건 40일간 항구 밖에 머무르게 하고 멀쩡한 사람만 입항시켰다고 한다. 이런 연유로 40을 뜻하는 이탈리아어 Quaranta, 프랑스어 Quarantina가 '검역하다'라는 말로 어휘의 범위가 넓어졌다.

내가 출국할 때는 여권을 가지고 나가면서 혹시 테러에 사용될 수 있을지도 모를 소지품을 체크하고, 법무부 출입국관리 데스크를 통과하는 비교적 쉬운 절차를 따른다. 하지만 내가 다른 나라에 입국할 경우 또는 외국인이 우리나라에 입국할 경우는 먼저 사람에 대한 검역이 시작된다. 카메라와 열선감지기로 세균이나 바이러스성 질환이 없는지 검사하고(Quarantine), 불법 이민자나 스파이가 아닌가를 보고 (Immigration), 사람이 동물이나 식물을 가져오면 다시 동물이나 식물 검역을 거치고, 이후 세관이 밀수 여부(Customs)를 체크한다.

이런 입국 과정에 문제가 생기면 입국이 불허되고 다시 본국으로

—

출국 심사 CIQ는 앞으로 80m 가야 한다고 씌어 있다.

돌아가야 하는 일이 생긴다. 우리나라에 들어오려다 입국이 불허되어 돌아간 경우는 아직 못 봤지만 미국에 입국하려다 공항에서 불허되어 한국행으로 다시 되돌아 간 사람은 몇 번 본 적이 있다. 9·11 테러 이후 보안검색이 강화되고 미국이 전산화를 업그레이드하면서 여권의 이름을 수시로 바꾼 사람이 적색리스트에 올라가 버린 것이다. Park을 Bak으로 했다가 다시 Pak으로 해서 여권을 여러 번 재발급 받았는데 미국 카드회사에서 이것을 문제 삼았다. 밀린 돈을 갚더라도 입국을 불허해야 한다고!

비행기나 배를 통해 나갈 때 우리가 인지하지 못하더라도 전 세계에서 공통적으로 이런 과정이 행해진다. 공항이나 항만에 보면 CIQ 기관이 상주해 있고, 이외에 각국의 경찰, 정보기관도 나와 있다.

과거에서부터 모르는 사람이 마을에 나타나면 농본사회나 목축사회나 나한테 도움을 주기보다는 해를 끼칠 수 있는 사람이라고 보는 인식이 강했던 것 같다. 요즘이야 관광을 굴뚝 없는 제조업으로 명명하고 관광객 증가를 위해 노력하지만, 음지에서는 항상 저 사람이 문제가 있지는 않을까 하는 눈빛이 번득이고 있는 것이다.

WASP의 나라
미국

미국은 전 세계 UN 가입 194개국 중에서 가장 강한 나라다. 최고의 경제력과 군사력을 가지고 세계를 리드하며 스스로를 세계 경찰국가, World Police Country라고 부르기도 한다. 미국을 대하는 세계인의 태도는 영주권이나 시민권을 얻으려 원정 출산을 감행하는 사람도 있고, 미국대사관에 자살폭탄을 시도하는 사람도 존재하는 극단적인 경우로 나뉘기도 한다.

현재 우리나라 사회의 엘리트 계층은 보통은 미국 물을 먹고 온 사람들이다. 한국에서 학부를 졸업하고 미국에 유학해서 MBA를 하거나 박사학위를 따고 돌아와서 학계나 재계에 몸을 담는다. 한국에서 대학별 고교별 또는 출신 지역별로 향우회 모임을 하는 것과 비슷하게 자기가 유학한 미국 대학별로 한국동문회를 구성하여 모임을 가지고 서로 인적 네트워크를 유지한다.

미국에 유학 가는 학교는 크게 동부 지역 학교와 서부 캘리포니아 쪽 학교로 대별된다. 미국의 동부는 뉴욕을 중심으로 아이비리그(Ivy League) 대학들이 이끌고 있다. 지금 우리나라의 상층부를 구성하는 파워엘리트를 이해해야 한국 사회를 더 잘 이해할 수 있다. 이는 동남 아시아 국가의 리더들이나 유럽 국가의 리더들도 미국 대학을 유학한 사람들이 많기 때문에 미국에 대해 어렴풋하게나마 알아보는 것이 필수라고 본다.

미국의 역사를 간단히 살펴보면, 미국 땅에 인디언들만 있던 황량한 시절에 영국에서 종교의 자유를 찾아 새로운 대륙이 있다는 아메리카로 건너간다. 당시의 종교는 인간의 영혼뿐만 아니라 생활방식을 규율하고 유사시 처형까지 할 수 있는 막강한 상위개념이었다. 가톨릭과 이슬람의 싸움이 그러했고 기독교 내에서 생긴 가톨릭과 개신교의 갈등은 돌아서기만 하면 서로의 등에 비수를 꽂을 정도로 심한 상태였다.

유럽 전체에서 종교전쟁이 벌어지고 있던 시절 1620년 메이플라워호(號)를 타고 102명의 청교도로 불리는 개신교도가 현재의 미국 보스턴 남쪽에 상륙하여 자신들의 커뮤니티(Community)를 꾸린다.

이후 유럽에서 새로운 기회를 찾아 떠난 사람들이 합류하여 정착한 곳이 새로운 영국, 즉 New England라 불리는 지역이었다. 우리나라 중심으로 그려진 세계지도에서는 유럽과 미국이 아주 멀리 보이나 실제로는 대서양을 사이에 두고 유럽으로부터 최단 거리에 있는 지역인데, 지금의 메인, 뉴햄프셔, 버몬트, 매사추세츠, 코네티컷, 로드아일랜드의 6주에 걸친 지역이다.

이 지방 이민의 대부분은 신교도 중에서도 가장 엄격한 청교도로, 풍속·습관·사회제도에 있어 근면·검소하고 도덕을 준수하는 생활을 하였는데 교육에도 열의가 있어, 일찌감치 설립한 대학이 지금은 세계 최고의 대학들이 되었다. 하버드 대학을 비롯하여 이 지역에 설립된 8개의 대학을 아이비리그 대학이라 부른다. 모두 다 사립대학이고 역사가 짧은 미국이지만 상대적으로 이 8개 대학은 일찍 세워져 대학의 담장에 오래된 건물에 보이는 담쟁이덩굴(Ivy)이 자란다는 뜻에서 아이비리그(Ivy League)라 부른다.

대학이 설립된 순서대로 보자면 하버드(Harvard, 1636년), 예일(Yale, 1701년), 펜실베이니아(University of Pennsylvania, 1740년), 프린스턴(Princeton, 1746년), 컬럼비아(Columbia, 1754년), 브라운(Brown, 1764년), 다트머스(Dartmouth College, 1769년), 코넬(Cornell, 1865년)이다.

아이비리그 대학은 미국인들도 들어가기 어렵고 한국인들은 들어가기가 더 어렵다. 미국뿐만 아니라 세계의 모든 나라에서 내로라하는 학생들이 입학하고자 하기 때문에 경쟁이 치열하다. 미국의 대학 입시도 수시와 정시로 나뉘어 있다. 기본적으로 전 학년 성적(GPA) + 적성시험(SAT) + 자기소개서의 3요소 외에 여러 가지를 종합적으로 본다. 그러면 무엇을 종합적으로 보고 합격 여부를 판단하느냐 하는 것은 대학 입학사정처의 재량이기 때문에 외부에 잘 알려지지 않는다.

우리나라보다 훨씬 대학 입시의 자율성과 재량이 높다. 입시 결과를 놓고 보면 미국인들 중 좋은 고등학교에서 공부도 잘하고 운동도 잘하고 대외활동도 잘한 학생들이 들어가더라 하는 것이다. 그런 사람들이 아이비리그(Ivy League) 대학을 졸업한다. 미국의 모든 대학에서 가장 인기가 높은 곳은 의대(Medical School), 법대(Law school), 경영대학원(MBA course)이다. 이들의 공통점은 다 졸업 후에 돈을 많이 벌 수 있는 곳들이다. 미국은 학풍과 사회기풍이 실용성을 추구하고 성공한 사람이 신의 은총을 많이 받은 사람이라는 프로테스탄트적 자본주의 체제를 취하기 때문에 돈을 많이 벌 수 있는 학과가 제일 인기가 높다.

또 대학 등록금이 비싸다. 1년 등록금만 아이비리그 대학 같은 곳은 보통 5만 달러다. 한화 기준으로 대략 6천만 원이고 여기에 방값과 생활비를 보태면 얼마나 될까?

내가 미국 유학을 갔을 때 이해가 가지 않았던 것은 책값이 상상외로 비싸다는 것이다. 나는 아이비리그도 아닌 중부의 주립대학인 미주리 대학에 국비유학을 간 것이었는데 등록금은 저렴했으나 책값이 2000년도에도 권당 평균 100달러 정도였다. 국내에서는 1만 원짜리 책 한 권으로 한 과목을 때울 수 있어서 5과목 수강하면 책값이 5만 원밖에 안 들었는데, 미국에서는 책값만 한 학기에 기본적으로 60만 원이 나갔다.

그래서 편하게 2019년 기준으로 추산하면 미국 유학이 1년이면 1억

원이라는 대충의 동세가 나온다. 책값이 왜 이렇게 비쌀까 도무지 이해할 수 없었다. 한국에서는 책 도둑은 도둑도 아니었는데 책 한 권을 100달러, 한화 12만 원을 주고 공부를 하다니, 미국이 기회의 나라라고 알고 있었는데 무엇이 기회의 나라라는 것인지?

이런 현상은 결국 웬만한 사람은 공부하지 말라는 얘기와 비슷해진다. 일단 아이비리그 대학을 오지 말고 학비가 저렴한 공립의 주립대학을 가라. 주립대학을 갔지만 공부하려면 책값도 비싼데 생활비도 많이 드니 웬만하면 대학 같은 데 다니지 말고 살면 어떻겠니? 이런 말로 귀결될 수 있다. 서부 시절만 해도 미국의 흑인노예는 아예 글자를 안 가르치고 글을 쓸 줄 알면 처벌하는 경우도 있었으니…. 결국 미국도 아이비리그를 졸업한 사람들이 사회의 상층부를 이루고 그 자식들이 다시 아이비리그를 들어가는 계층의 확대재생산이 일어난다.

미국의 상층부를 형성하는 주류는 누구일까?

그 주류 계층은 대부분 백인(White) + 앵글로 색슨계(Anglo Saxon) + 신교도(Protestant)이고 이를 줄여 'WASP'이라 한다. 이들이 사회 상층부를 이루고 미국 사회의 여론을 이끌어 나간다.

그런데 초기의 WASP는 약간은 유연한 사고를 가졌던 것 같다. 미국 사회에 인재의 신규 진입이 차단되어 동맥경화를 앓지 않도록 아시아나 유럽, 아프리카에서도 우수한 인재를 이민을 통해 받아들이는 정책을 편다. 아이비리그 대학에 T/O를 할당해 미국 내 저소득 계층도 들어올 수 있게 제도화한다. 그렇게 함으로써 세계 각국에 미국과

연을 가진 인맥을 양성함과 동시에 미국 사회에 새바람을 끊임없이 불어 넣는다. 등록금도 비싸고 책값도 비싸지만 저소득층 중에 똑똑한 학생이 있다면 장학금을 줄뿐더러 각 소수인종에 가점을 주어 입학시키는 소수인종 우대정책(Affirmative Action)을 채택해 오고 있다.

미국 사회를 이끈 미국 대통령 중 WASP가 아니면서 대통령이 된 케이스로 케네디 대통령이 있다. 그는 백인이기는 하지만 아일랜드 이민자의 혈통이고 개신교가 아닌 가톨릭 신자였다. 당시 생긴 TV 유세로 잘 생긴 인물과 그보다 멋진 연설로 대통령이 된 것인데, 당시 공고한 WASP의 벽을 뚫고 대통령이 된 것을 보면 보통 사람은 아니 것이 분명하다.

이후 흑인인 오바마가 대통령이 된다. 이것은 WASP의 입장에서는 아주 충격적인 것이고, 세계인의 입장에서는 미국은 진정 자유가 숨 쉬는 기회의 나라라는 것을 증명한 것인데, 오바마나 그의 부인 미셸 오바마는 WASP도 들어가기 어려운 하버드 로스쿨 출신들이다.

최근에 우리나라 경제력이 상승하고 글로벌화가 진행되면서 미국 고등학교로 바로 유학해서 미국 대학을 졸업하고 대학원을 마치는 케이스도 많아지고 있는 것 같다. 기숙사가 있는 사립 명문 고등학교를 졸업하고 리버럴 아트 칼리지(Liberal Arts College)라는 대학을 졸업한 후 아이비리그 대학원에서 석사나 박사학위를 마치는 코스인데, 이는 미국의 상류층에서도 소수만이 할 수 있는 최고의 엘리트 코스이다.

앤도버(Andover)나 엑시터(Exeter) 고등학교 졸업 후 앰허스트(Amherst)

같은 리버럴 아트 칼리지를 졸업하고 아이비리그를 거친 사람은 미국 내에서도 초 엘리트로 분류된다. 최근 우리나라에도 이런 코스를 거친 사람들이 보이기 시작하는데, 나는 못 나왔지만, 주변에서 많이들 나와서 Global Player가 되었으면 하는 바람이다.

동부를 개척한 미국인들을 따라 새로 이민자들이 유럽에서 이주하기 시작해 인구가 늘자 미국은 서부를 개척한다. 그 출발점이 미주리 주이다. 지금은 중부로 분류되는 미주리 주 세인트루이스에서 짐을 풀고 서부로 출발한 사람들이 캘리포니아까지 개척한다. 서부로 가는 새로운 중간 종착점 미주리에 온 동부 출신들이 자기 집에 금송아지 있는데 서부를 둘러보러 왔다는 식으로 사기를 쳤다고 한다. 몇 번 당한 미주리 사람들은 언젠가부터 사람을 믿지 않게 되었다. 그래서 미주리 출신이라 하면 미국에서도 아주 의심이 많은 사람으로 알려져 있다.

미국의 50개 주는 주별로 애칭이나 별칭이 있는데 미주리 주는 Show Me State이다. 말로만 하지 말고 보여 달라는 뜻이다. 미국의 서부개척사가 대단한 것이 1804년 첫 선발대로 출발한 루이스(M. Lewis)와 클라크(W. Clark) 탐험대는 서부를 탐험하면서 생기는 모든 상황을 본부에 보고하고 동물이나 식물도 채집하여 보냈다. 서부가 안전하고 개척할 만하다는 메시지를 날린 것이다. 이후 지금은 중부 지역으로 칭해지는 이 지역은 시카고를 거점으로 동부, 서부와는 다른 문화의 거대한 커뮤니티를 형성하고 있다.

미국은 프랑스 땅이던 지금의 루이지애나(루이왕가의 땅이라 하여 지어진 이름)를 사들이고 멕시코와 전쟁을 통해 캘리포니아와 그 주변 지역도 획득해 지금의 미국지도를 확정한다. 금광이 개발되면서 금을 찾아 온갖 사람이 몰려들던 이 지역은 우리에게는 로스앤젤레스(L.A.)가 있어 친숙하고, 세계적으로는 스탠퍼드대를 중심으로 한 실리콘 밸리로 더 유명하다.

서부 지역은 동부와 같은 영국식의 전통은 거의 없다. 대학의 교수들도 반바지로 다니고 아시아 계통과 스페인 식민지의 후예들이 히스패닉이 오히려 주류를 이루고 있다. 2차 세계대전 당시 태평양전쟁에 출전할 미국 병사들은 주로 샌프란시스코 항에서 집결하여 배를 타고 떠났다. 미군 당국은 출전할 병사들이 대기하던 샌프란시스코 항의 야영지든 전장에서든 동성애자로 파악된 병사들을 군에서 쫓아냈다. 청교도 국가이던 미국 사회의 당시 분위기에서 동성애자 딱지를 달고는 집으로 다시 돌아갈 수도 없게 된 병사들은 그대로 샌프란시스코에 정착해 버렸고 이후 샌프란시스코는 동성애자의 해방구가 된다.

미국이 베트남전에 참전하고 미국 청년들에 대한 강제징집이 일어났을 때 전쟁에 반대하는 일부 젊은이는 영장이 나온 날 밤새 축제를 하면서 술 먹고 논다. 그리고 축제의 캠프파이어에 영장을 불태워 버리고는 캐나다로 도망가 버린다. 샌프란시스코에서는 반전 문화와 히피문화가 결합하여 학생들의 저항정신이 버클리 대학과 스탠퍼

—

알래스카에 하와이까지 미국은 지역별로 너무 특색 있는 나라다.

드 대학을 중심으로 퍼져 나간다. 1967년 스콧 매킨지(Scott Mckenzie)
가 불러 우리나라에도 유명해지고 세계적으로 히트를 친 '샌프란시스
코(San Francisco)'라는 노래는 서부의 이런 문화를 단적으로 보여 주는
노래다.

"If you are going to San Francisco,

Be sure to wear some flowers in your hair"

(샌프란시스코에 가면, 머리에 꽃을 꽂으세요)

노랫말대로 머리에 꽃을 꽂은 친절한 사람들이 샌프란시스코에 많
고 여름날의 사랑이 기다리고 있다는 가사가 무슨 뜻일까?

위 노래를 부르며 샌프란시스코에 모인 미국의 젊은이들 중에 동
부의 영국적 가치를 존중하거나 지키려 하는 사람은 거의 없었을 것
이다. 지금 샌프란시스코의 카스트로 거리는 게이들의 천국이라는 별
칭으로 불리고 있다. 이곳에서 WASP를 이야기하면 공감하는 사람이
몇 명이나 있을까? 같은 미국이지만 동부와 서부는 너무나 다르다.

영국과 앙숙인 프랑스,
그리고 프랑코폰 컨트리(Francophone Country)

12

우리가 보기에는 영국과 프랑스는 대표적인 선진국으로 세계사를 리드하는 국가들이다. 그러나 그 두 나라는 대단히 앙숙인 국가로 서로 국민감정이 좋지 않은 나라들이다. 또 국민성이 너무 다르다.

영국 사람들이 프랑스인들을 비하할 때 개구리(Frog)라 표현하는 경우가 있다. 프랑스 요리는 알다시피 전 세계 최고의 요리이고 개구리 뒷다리도 레스토랑에서 정식으로 팔고 있는 요리이다. 영국인들이 보기에는 개구리를 먹는 놈들이 프랑스 사람들이고 개고기 먹는 사람들 정도와 비슷한 어감을 내포하고 있다. 거기서 한걸음 더 나가면 앵글로 색슨족이 주류인 영국인들이 보기에는 켈트족인 프랑스 사람들의 눈이 튀어나온 것이 개구리처럼 보인다는 비하의 의미를 가지고 있다.

또 'Snail-Eater'라고 프랑스 사람들을 부르기도 한다. 말 그대로 달팽이(Snail)를 먹는 자(Eater)란 의미다. 얼마나 먹을 게 없으면 달팽이 같은 것을 먹느냐는 비하의 의미가 들어있는 것이다. 세계가 프랑스의 와인과 패션에 열광하지만 영국에서는 프랑스적인 것의 영어표현인 'French'라고 하면 뭔가 이상하고 기괴하고 천박한 것은 다 프랑스로부터 건너왔다는 조롱의 의미가 숨어 있다.

예를 들면 '프랑스 잡지' 하면 삐갈(Pigalle) 거리로 상징되는 파리 18구의 홍등가 문화가 그려진 도색잡지를 뜻할 때가 많다. 프랑스 사람들은 편지 속에 사연이 있는 글을 보내는 것이 아니라 콘돔 같은 것만 보낸다 하여 콘돔을 별칭으로 부를 때는 '프랑스 편지(French Letter)'라고 부른다. 영국인이 상대방을 프랑스 사람 'French'라고 부르는 것은 우리나라 조선 사대부한테 병자호란 때 청나라 장수 마부대나 용골대처럼 생겼다고 얘기하는 것과 비슷한 것이다.

반대로 프랑스 사람들도 기회가 되면 영국 사람들을 비하하는데 영국인을 뜻하는 프랑스어 '앙글레(Anglais)'처럼 보인다는 것은 프랑스인에게 제일 큰 욕이다. 영국 음식은 맛이 없고 생선튀김과 감자칩이 요리의 전부라고 하며 'Fish and Chips'만 먹는 사람들이라 한다.

영국의 런던타워를 지키는 경비병이나 의장대의 군인들이 큰 모자를 쓰고 있는 것이 소고기 덩어리 구운 것과 비슷해 보여서 영국인을 통칭 '로스비프(Rosbif)'라 부르기도 한다. Roast Beef에서 유래된 것인데 비프 스테이크를 제대로 요리해 먹는 게 아니라 그냥 주먹밥 던지

영국 왕실 근위대.
프랑스에서 로스비프로 불리는 사람들이 여왕 뒤에 있다.

듯이 구워 먹는 자들이란 의미로 비하하는 말이다.

프랑스 사람들은 콘돔을 영국 망토(Capote Anglais)라 부르는데 카포트(Capote)는 두건이 달린 외투나 군용외투를 뜻하고, 앙글레(Anglais)는 'English'의 프랑스어니 영국에서 온 두건 달린 망토가 되는 것이다. 어느 나라가 더 확실하게 상대를 비하하고 있는 걸까?

두 나라는 과거 중세시대부터 100년간 싸운 적도 있는 나라인데 2차 세계대전에서는 이상하게도 둘이 연합을 하여 독일과 싸웠다. 영국 입장에서 보면 같은 게르만족인데 영국과 독일이 연합하여 프랑스와 싸운 것이 아니고, 독일에 대항하여 영국과 프랑스가 싸운 것이다.

프랑스는 전쟁 초기 독일에 항복하여 파리가 점령되고 친독일 프랑스정부(비시정부)가 레지스탕스를 탄압하기도 하였다. 야사에 전하지만 이런 사실을 영국 처칠 수상이 은근히 비꼬면 드골 프랑스 대통령이 권총을 뽑기도 하였다고 한다.

현대에 와서도 「심슨(Simpsons)」이라는 미국 만화 프로그램에서 윌리(Willy)라는 인물이 프랑스어 시간에 프랑스 사람들을 '치즈 먹으면서 항복한 원숭이들(Cheese-eating surrender monkeys)'이라고 비꼰 적이 있다. 공동체 일에 참여하지 않거나 비협조적이며 개인사만 신경 쓰는 프랑스 사람들을 비꼰 것이다.

YOU CHEESE EATING SURRENDER MONKEYS!

—

You cheese eating surrender monkeys! (치즈나 먹고 항복하는 원숭이들아!)
심슨의 한 장면.

미국 TV에서 이런 게 나온다는 것이 놀랍다.

이 두 나라는 정원을 만드는 방식과 철학도 완전히 다르다. 영국 중산층의 가옥은 보통 집에 조그만 정원이 딸려 있고 영국인의 상당수는 이 정원을 가꾸는 것이 취미이다. 프랑스는 집에 딸려 있기보다는 공원 형식의 정원이 많은데, 같은 공공의 정원이라도 스타일과 설계된 철학이 완전히 다르다.

먼저 프랑스식 정원은 자와 컴퍼스를 이용해 디자인을 한 것 같다. 좌우 대칭이나 기하학적인 문양을 땅 위의 정원에 그대로 구현해 규칙적인 질서에서 자연의 미를 이끌어 내는 타입이다. 웅장한 건축물이 정원의 중심에 있는 경우도 많다. 여행객들이 많이 방문하는 베르사유궁전은 대표적인 프랑스식 정원이다.

영국식 정원은 프랑스식 정원의 규칙성에 따른 미학을 인위적이라 보고 자연스런 정원을 추구한다. 규칙적인 직선과 좌우대칭보다는 자연스런 곡선으로 구불거리는 호수 길을 만들어 내고 건물이 있는 경우에도 이는 풍경화의 한 부분 정도로 취급될 정도로 보일 듯 말 듯하다. 스타우어헤드(Stourhead) 정원이 대표적인데 그냥 목가적인 풍경화를 지상에 옮겨 놓은 듯하다.

그러면 세계적으로 유명한 미국 뉴욕의 센트럴파크는 영국식일까? 프랑스식일까? 센트럴파크는 영국식으로 뉴욕이라는 초현대도시에 자연의 한 부분을 그대로 옮겨 놓은 것이다.

영국과 프랑스는 인식에 관한 철학 체계도 완전히 다르다고 봐야 한다. 인식론의 양대 산맥 중 하나인 경험론은 영국에서 정립된 것이

—

루이 14세가 건립한 베르사유궁전의 정원 일부.
도화지 위에 컴퍼스와 자로 그린 듯하다.(프랑스식)

—

런던 남서쪽 윌트셔(Wiltshire)에 위치한 스타우어헤드 가든.
사진이 한 폭의 풍경화 같다.(영국식)

고 데카르트로 대표되는 합리론은 프랑스에서 정립된 것이다. 데카르트의 프랑스식 합리론은 인간의 이성이 중요하고 사물에는 원리가 있다는 것이다. 우리는 태어나면서부터 선험적으로 어느 정도 알고 있기에 원리를 먼저 이해하고 개별적 구체적인 사안으로 해석해 나가는 것이 올바른 인식체계라는 것이다.

반면 베이컨·로크·흄으로 대표되는 경험론은 그런 이성이나 원리는 없고 오직 경험이 중요하고 개별적이고 구체적인 경험이 귀납적으로 축적되면서 일반적인 원리가 해석될 수 있다고 보는 것이다.

같은 피아노 레슨을 할 때도 프랑스인들은 음악의 기본 원리를 가르치면서 개별적으로 곡들을 조금씩 연습하는 방식으로 레슨한다. 영국식은 구체적 곡들을 개별적으로 연습하면서 각각의 경험이나 기법이 축적되어 피아노의 원리를 깨치게 만든다. 이런 영국식 경험론은 실용주의(pragmatism)로 발전하여 미국의 주류 철학이 되어 있다.

프랑스식 접근과 영국식 접근은 이집트에서 발견된 돌덩이, 로제타석(Rosetta Stone)을 해석하는 데에서도 극명하게 대별되었다. 나폴레옹은 1798년에 이집트를 침공한 적이 있다. 대부분의 전쟁이 그렇듯 인류애를 위한 전쟁이라기보다는 제국주의 전쟁의 속성이 강했고 유독 프랑스군은 침략 대상국의 유물 획득에 관심이 많았었다.(이는 1866년 프랑스가 강화도를 침공한 병인양요 때도 비슷했었다.)

프랑스 전군에 유물습득 시 보고하라는 지시가 내려진 가운데 프링스 공병대가 이집트 북부의 로세타시에서 돌덩이를 하나 발견했는데, 약 1m 정도 넓이의 돌멩이에 이집트 히에로 글리프 상형문자가, 그리고 그 밑에 당시 민중들의 언어인 데모틱 상형문자가 있고, 마지막에는 고대 그리스어가 쓰여 있었다.

프랑스 군대는 이 유물의 가치를 즉각 알아차렸다. 서양문명의 원형이자 중동과 아프리카문명의 기원인 이집트의 문자를 해석할 수 있는 사료로서 최고의 가치를 가진 돌이었던 것이다. 그러나 이 돌은 프랑스군이 영국군에 패하면서 영국에 빼앗기게 된다. 영국도 이 돌의 가치를 알고 다른 유물과 달리 영국군 대령이 직접 쾌속범선에 탑승하여 런던으로 가져가 글자의 해독에 들어간다. 프랑스군도 만일의 경우를 대비하여 탁본과 압형을 미리 떠 놓고 있었는데 로제타석의 사본을 가지고 이집트문자의 해독에 들어간다.

로제타석의 해석은 프랑스와 영국 양 국가에서 고고학자들이 첨예한 관심에 개인적으로 진행되었지만 해석에 대한 접근 방식은 서로 달랐다. 영국의 토머스 영(T. Young, 1773-1829)은 영국 경험론의 방법론에 입각하여 그간 입수된 상형문자와 로제타석을 비교해 가면서 문자의 원리를 발견하려 했다. 프랑스인 장 프랑소아 샹폴리옹(Jean F. Champollion, 1790-1832)은 이집트 상형문자가 기존의 가설대로 표의문자가 아니라 표음문자라는 자신의 가설과 원칙을 정해 놓고 오벨리스크와 같은 기타의 유물과 비교해 가면서 원칙을 증명해 보려는 합리론적 접근 방식을 취하였다. 결국 로제타에서 발견된 돌멩이(Rosetta

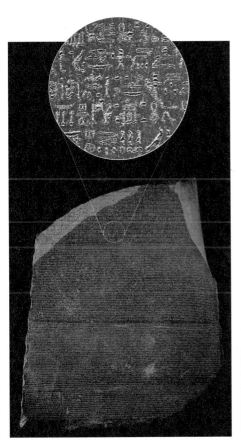

이집트의 비밀을 푸는 열쇠가 된 로제타석의 상형문자들. 대영박물관 소재.

Stone)는 20년이라는 세월이 흐른 후 프랑스인 프랑소아가 최종석으로 해석해 냈고 이로써 이집트문명의 비밀이 풀리기 시작했다.

토머스 영과 샹폴리옹의 경쟁에서 샹폴리옹이 이긴 것으로 프랑스 합리론이 영국의 경험론보다 우수하다고 말하는 것은 무리가 있다. 당시 나이로 보면 토머스 영이 샹폴리옹보다 약 17살이나 많았고, 토머스 영은 작위를 가진 귀족으로서 관심사가 다양해서 샹폴리옹처럼 집중하지 못했다고 한다. 재미있기도 하고 중요한 것은 두 나라의 인식체계와 사물과 자연을 대하는 사유체계가 다르다는 것과 서로 시합하듯 경쟁을 했다는 것이다.

교육에 관해서는 두 나라 다 엘리트론을 취하는 것 같다. 지금도 왕이 존재하는 영국은 중·고·대학이 과거 계급제의 역사를 그대로 반영하고 있다. 초등학교를 마치고 이튼스쿨을 거쳐 옥스퍼드나 케임브리지 대학을 졸업하는 엘리트가 사회의 오피니언 리더 그룹을 형성한다.

프랑스는 외견으로는 영국과는 다르게 자유, 평등, 박애라는 프랑스 혁명의 기치 아래 평등주의적 대학제도를 구성하고 있는 것처럼 보인다. 중·고교 졸업 후 바칼로레아라는 대학 입학시험을 치르고 여기에 합격하면 대학을 주거지에 따라 배정한다. 우리에게 유명한 파리의 소르본 대학은 지금은 파리 4대학이다. 집이 그 근처면 지금은 파리 4대학에 진학한다. 파리를 예로 들 때 파리 1대학부터 13대학이 다 바칼로레아만 통과하면 주거지에 따라 학군별로 배정되는 것이다.

얼마나 평등한 대학 입시인가?

그런데 프랑스에는 그랑제콜(Grandes Ecoles)이라는 대학이 따로 있다. 이 대학 중 에콜 폴리테크닉(Ecole Polytechnique)이라는 대학은 내가 2009년 당시 파리에 있을 때까지 수십 년의 이민 역사에도 한국인으로는 딱 1명만이 입학허가를 받았다고 한다. 프랑스 전국의 수재들이 모이는 이 학교를 가기 위해 일반고 졸업 후 프레파(prepa)라는 과정을 3년 이수하고 시험을 치르는데 프레파 과정을 버티는 것도 보통일이 아니라고 한다.

500명을 뽑는 폴리테크닉을 합격하면 육군 소위로 임관되어 월급을 받으며 학교를 다닌다. 프랑스 혁명 기념일에는 샹젤리제를 행진하는데 의장기병대 뒤에서 프랑스군보다는 앞에서 행진하면서 국가가 미래 프랑스를 이끌 인재들이라 인정을 해 준다. 졸업 후에는 일반대학 출신들이 평사원으로 입사하는 것과 달리 바로 부장급 정도로 입사한다고 한다. 신기한 것은 이런 그랑제콜 출신들이 특별대우를 받는 것에 대해 프랑스인들이 당연하다고 여기는 것이다.

파리에 살 때 여기가 사회주의 국가 아닌가 싶을 정도로 평등을 외치던 프랑스인들이 바로 부장급으로 가는 것에 대해 아무도 이의를 제기하지 않는다는 것은 놀라운 일이었다.

영국은 해가 지지 않는 나라답게 과거 식민지 국가들이 영연방국가(Commonwealth of Nations)를 형성하고 있다. 영연방국가는 2018

년 현재 52개국인데 이중 캐나다와 호주 등 15개 국가는 영국 국왕이 국가원수이다. 영연방국가들은 2년에 한 번씩 영연방정상회의(Commonwealth Heads of Government Meeting)를 열고 올림픽과 비슷하게 4년에 한 번씩 커먼웰스 게임이라는 국가 간 대항전을 연다.

영국 중심의 앵글로 색슨 벨트에 대항하기 위해 프랑스도 비슷한 연합체를 가지고 있다. 프랑스어를 쓰는 국가들의 연합인 라 프랑코포니(La Francophonie)이다. 프랑스어에서 'La'는 영어의 'The'와 같은 뜻이며 여성형 정관사다. 이 연합체에는 캐나다와 같이 일부 영연방국가들이 가입되어 있기는 하지만 55개 정회원국에 3개 준회원국과 12개 참관국으로 구성되어 있다.

주로 식민통치를 받았던 아프리카 국가들이 주류이나 캐나다의 퀘벡 주는 프랑스어권 지역이고, 아시아에서는 프랑스 통치를 받았던 베트남이 라 프랑코포니에 가입되어 있다. 이들도 커먼웰스 게임과 같이 4년마다 한 번씩 올림픽 비슷한 스포츠대회를 따로 연다.

두 나라가 음으로 양으로 국가 간 네트워크를 형성하면서 세계사를 종횡으로 엮고 있다. 미국에 비해 기우는 나라로 보였던 영국과 프랑스 둘 다 만만치 않은 나라이다.

스패니쉬 벨트,
크리오요(Criollo)의 나라 남미

영국은 대영제국이라는 이름으로 세계를 지배한다. 영국이 아메리카대륙에 건설한 식민지는 미국이라는 이름으로 독립을 해버렸지만 그 뿌리는 영국에 두고 있다. 부시 대통령 가문을 거슬러 올라가면 지금의 영국 왕실과 혈연적으로 닿아 있다. 프랑스는 영국과 대항하는 한 축을 이루면서 프랑스어를 사용하는 국가들과 연합체를 구성하고 있다.

한때 세계를 호령했던 나라 중에 스페인이 있다. 우리에게는 투우의 나라로 알려진 정열의 나라이고, 알람브라궁전으로 알려진 여행갈 만한 나라 정도로 알려져 있기도 하지만, 스페인이 라틴아메리카를 통치하고 있다고 보는 시각도 큰 무리가 없다고 본다.

크리오요(Criollo)라는 우리에게는 익숙하지 않은 단어가 있다. 중남미에서 태어난 스페인 혈통의 백인들을 지칭하는 말이 크리오요이다. 이들이 중남미 각국의 정치, 행정, 군사, 경제를 좌우하고 있는데 결국 사회 전체의 지배계층이다. 크리스토퍼 콜럼버스는 1492년 이사벨라 에스파냐 여왕의 지원을 받아 유럽인의 입장에서는 신대륙인 아메리카 대륙을 발견한다.

먼저 정리해 볼 것이 있다. 콜럼버스는 왜 아메리카 대륙을 발견하기 위해 스페인의 남쪽 항구에서 배를 타고 서쪽으로 떠났을까? 그것은 후추와 황금을 얻기 위해서였다. 저 바다 끝에 무엇이 있는지 탐험하는 지적 호기심이 아니었다.

중세의 유럽은 목축 위주의 국가였다. 동양이 쌀을 주식으로 삼는 농경 위주의 사회였다면 유럽인들의 식사는 주로 빵과 고기로 이루어져 있다. 빵은 주로 밀을 재배해서 만들면 되는 것이고 고기는 주로 돼지고기를 먹었다. 소는 키우기도 어렵고 비싼 반면 돼지는 새끼도 많이 낳지만 6개월만 키우면 성체로 자라 더 이상 키우면 사료만 많이 소비되니 더 이상 사육할 필요도 없었다. 그러니 중세에 10월경 날씨가 추워지기 시작하면 방목하던 돼지를 잡는다. 더 자라지도 않는 돼지와 같이 겨울을 나면서 사료를 줄 여유가 없었던 것이다. 월동을 위해 돼지를 잡아 베이컨을 만든다. 이때 필수적인 것이 소금이다. 소금 없이 고기를 먹는다는 것은 거의 불가능한 일이다.

이 책을 읽는 독자들 중에서 삶은 계란을 소금 없이 두 개 이상 먹을 수 있는 사람이 있을까? 보통의 사람들이라면 삶은 계란 한 개를 먹더라도 소금을 찾을 것이다. 소금은 돈을 비싸게 지불하면 유럽에서도 구할 수 있는 것이었다. 봉급을 샐러리(Salary)라고 하는 것은 로마 시절 봉급을 소금(Salt)으로 지급하면서 생긴 것인데, 지금은 흔하고 값도 싸지만 과거에는 비싸고 귀한 필수품이었다.

그런데 고기에다 소금만 쳐서 먹어도 괜찮았는데 인도에서 나오는 후추를 쳐서 먹으니 고기 맛이 상당히 근사했다. 더욱이 소금만 써서 만든 베이컨은 수퇘지의 노랑내가 남아 있는데 여기에 후추를 섞은 베이컨은 그런 냄새도 없었다. 이제 후추는 유럽에서 필수품이 되었고, 후추 무역은 돈이 되는 비즈니스가 됐다. 한때는 후추와 금의 무게가 동일가치로 교환되기도 했다.

또 유럽인들은 중국에서 수입되는 비단을 보고 경악했다. 얇은 실이 부드럽고 감촉이 좋으며 따뜻한데다가 맵시까지 나니 유럽의 귀족 여성들이 선망하던 품목이고 그 선망은 돈이 된다는 뜻이었다.

아울러 중국에서 들어오는 도자기는 당시 대충 만들어진 식기로 주로 손으로 먹던 유럽인들에게는 신세계였던 것이다. 이 세 가지 품목은 귀하고 비쌌다. 원가의 10배에서 100배까지 이익이 남을 수 있는 이 장사를 아라비아 상인들이 독점했다. 오스만 투르크가 중앙아시아와 비단길(Silk Road)을 장악하고 통과세를 받고 있었다. 만약에 해상으로 가는 길만 발견한다면, 그래서 아라비아 상인 없이 직거래를 할 수 있다면 당시로서는 재벌이 될 수 있는 기회였던 것이다.

이탈리아 제노바에서 태어난 콜럼버스는 서쪽으로 배를 타고 나가면 인도로 가서 후추를 얻을 수 있다고 생각했다. 지구가 평평하기 때문에 서쪽으로 배를 타고 나가면 떨어져 죽는다는 당시의 사회통념을 무시했다. 마침 마르코 폴로(1254~1324)가 원나라에 가서 17년간 관직을 하면서 여행한 것을 기록한 『동방견문록』이 이탈리아에서 출간되자 이를 탐독하며 동양에 대한 환상과 비즈니스를 동시에 꿈꾸고 있었던 것이다.

콜럼버스에 여행 경비를 후원한 에스파냐는 세계지도를 자세히 보면 알겠지만 유럽에서도 서쪽에 붙어 있다. 변두리인 것이다. 그나마 지중해 근처는 이탈리아 베네치아에서 주요 상권을 장악하고 있고 에스파냐는 거기서 또 서쪽으로 가는 중간 이윤을 지불하고 난 다음에야 후추, 비단, 도자기를 살 수 있었다.

콜럼버스와 이사벨라 여왕의 셈법이 접점을 맺은 이후 시작된 대항해로 아메리카 대륙이 발견되고 이 발견지는 당시 관행에 따라 스페인 영토가 되어 버린다. 그리고 라틴아메리카에는 스페인 군대가 들어가고 정복이 시작된다. 무력에 의한 점령도 무서운 것이지만 스페인은 스페인어와 가톨릭을 같이 가지고 들어간다. 그리고 라틴아메리카의 정신세계를 장악해 버린다.

처음 정복을 시작한 스페인 군대는 먼저 교황에게 묻는다. 여기 새로운 대륙에 사람의 형상을 한 생물이 있는데 자기네끼리 의사소통도 하는 것 같습니다. 이 생물이 사람입니까? 동물입니까? 로마 교황이 말한다. 그들도 사람이다. 다만 신의 은총을 못 받았을 뿐이다. 교황이 만일 동물이라고 답변했다면 어떤 일이 생겼을까?

당시의 스페인 군대는 전쟁 초기에는 남자 군인들만 왔다고 한다. 그들과 당시의 라틴아메리카 원주민('인디언'과 구별하여 '인디오'라고 한다)과의 사이에서 태어난 혈통의 사람들은 '메스티조'라 불린다. 스페인 백인들과 흑인들 사이에 태어난 사람들은 '물라토'라고 불린다. 그리고 마지막에는 인디오들과 흑인들 사이에서 태어나 주로 최하층 힘쓰는 일에 종사하는 '삼보'라는 사람들이 있다.

이후 라틴아메리카 사회가 스페인식 체제로 정착되면서 스페인 사람들 사이에서 태어나 '크리오요'라고 불리는 사람들이 나타났다. 콜럼버스 이후 정착되기 시작한 16세기경의 남미에는 스페인 본토 사람, 지금의 이베리아반도에 사는 스페인 사람('페닌술라'라 불린다)이 최상층이고 크리오요가 두 번째 계층이고 그 다음 메스티조와 물라토가 있었다. 그 밑에 남미 원주민과 삼보로 계층화가 되어 있었다.

미국이 영국으로부터 독립하고 다른 지역에서도 독립운동이 일어날 때 이 크리오요들은 스페인 본국에 대해 독립전쟁을 벌여 승리하고 라틴아메리카 내 최고 계층으로 올라선다. 그래서 지금은 라틴아메리카의 여러 국가는 다 백인 스패니쉬의 후예(Criollo)들이 정부와 군, 정계와 재계를 장악하고 있다. 크리오요들과 원주민들과의 빈부 격차는 극단적이다.

—

브라질 상파울루의 빈촌과 부촌. 포르투갈의 식민지였지만 상황은 비슷하다.
담 하나를 사이에 두고 수영장 딸린 아파트와 무허가 빈민촌이 공존한다.

2013년 『타임지』가 뽑은 올해의 인물은 그해에 새로 선출된 프란치스코 교황이시다. 이분은 부모님이 이탈리아에서 아르헨티나로 이주하여 정착하셨고, 아르헨티나의 부에노스아이레스에서 생장하여 아르헨티나 로마 가톨릭교구의 추기경을 역임한 후에 콘클라베에서 교황으로 선출되셨다. 원주민은 아니신 것이다.

쿠바의 혁명 영웅으로 숭배 받는 카스트로(Fidel Castro, 1926~2016)를 보자. 그의 외모가 인디오처럼 보이는가? 그의 부모는 스페인 갈리시아라는 지역에서 소지주로 있다가 쿠바로 이주했고, 카스트로는 쿠바 동부의 비론이라고 하는 작은 마을에서 태어나고 자랐다. 쿠바의 하바나 법대를 졸업하고 변호사가 된 후 혁명에 뛰어들었고, 그의 동지들 대부분 그리고 혁명 성공 후 쿠바의 정·관·군·재계를 이끈 대부분이 크리오요인 것이다.

「모터사이클 다이어리(The Motorcycle Diaries)」라고 2004년에 개봉된 영화가 있다. 아르헨티나에서 태어난 의대생 게바라(Ernesto Rafael Guevara de Serna)가 친구 알베르토 그라나도라는 사람과 남미의 전 대륙을 오토바이로 유람하면서 겪은 일들을 영화화 한 것이다. 이 영화에서는 순진한 의대생인 게바라가 여행 중에 남미의 모순과 민중의 삶의 곤궁함을 깨닫고 사회주의 혁명가로 탄생하는 과정을 서정적으로 그리고 있다. 이 의대생이 카스트로의 최대 동지이자 후일 남미 혁명 중 사망한 체 게바라(Che Guevara)이다. 남미 인디오들이 겪는 계급의 모

—

체 게바라(Che Guevara_좌)와 파델 카스트로(Fidel Castro_우)

순과 비극적 삶을 게릴라 투쟁으로 한방에 해결해야 한다는 신념을 행동으로 옮긴 사람이 체 게바라이다. 그는 스페인 바스트 지역 출신 아버지와 아일랜드 혈통을 가진 어머니 사이에서 아르헨티나에서 태어난 크리오요인 것이다.

자본주의 최고의 아이돌 체 게바라

내가 아는 한 남미의 독립전쟁 또는 혁명전쟁은 스페인 본국의 통치에 대항하여 남미에서 태어난 스페인 후예들이 일으킨 전쟁이다. 이 독립전쟁의 영향으로 그나마 인디오들에 대해 약간의 토지 소유권을 인정했던 스페인 왕가가 손을 떼게 되었고 인디오들은 더 궁핍한 삶을 살아가게 된 구조가 되었다. 한 쪽에 실내 수영장이 있고 철장으로 담이 처진 다른 한쪽에 빈민가가 있는 극단적인 양극화가 전개되는 세상이 현재의 남미이다.

이후 남미로 유럽 각국이 이민을 시작하여 남미 각 나라마다 지배계층을 형성하는 크리오요들이 약간씩 다르다. 칠레는 이탈리아 출신들의 후예가 많은 편이고, 아르헨티나는 독일 계통이 많이 이주하여 정착하였다.

나는 국무총리실에서 해외원조를 담당하는 국장을 2년 정도 한 적이 있다. 해외원조라는 용어에 경기를 일으키는 분들이 있어 전 세계적으로 개발협력(ODA)이라는 용어로 통용되는데, 일단은 편하게 원조로 표현하고자 한다.

당시 우리나라는 1년에 약 2조4천억 원 정도를 해외원조에 쓰고 있었는데 베트남에 제일 많이 원조하고 아프리카나 아시아 국가들에도 원조를 해 주고 있었다. 남미도 원조 대상국에 포함된 나라가 꽤 많은데 볼리비아에 출장을 갔더니 원조를 받으려 나온 공무원들이 다 백인들이어서 무척이나 놀랐다. 더욱이 이들이 스페인어와 영어 심지어 프랑스어까지 자유자재로 구사하면서 우리 출장단에게 무엇을 어떻게 도와줄 것인지에 대해 명확하게 해달라고 요구했을 때 그 답답하고도 황당한 심정, 한걸음 더 나아가 혈세로 비행기 타고 나온 놈이 이런 것 하나 깔끔하게 정리하지 못하는가 하는 것에 대한 자괴감을 잊을 수 없다.

남미의 거리도 중심가는 고색창연한 가톨릭 성당과 파리풍의 와인 바가 즐비하여 이런 나라들에게도 원조를 해 줘야 하는가 하는 심각한 회의가 들기도 했다. 물론 산속이나 낙후 지역의 빈민가를 둘러보면 인류애가 발동하여 무조건 도와줘야 한다는 극과 극의 느낌이 들기도 하지만 말이다.

2018년 11월 10일에는 미국 LA 시청에서 자그만 행사가 있었다. 시청 앞 콜럼버스의 동상을 철거해 버리고 그날을 '원주민의 날(Indigenous People's day)'로 명명한 것이다. 미국의 캘리포니아, 애리조나, 텍사스 등은 미국이 멕시코와의 전쟁에서 이기고 뺏은 땅이기 때문에 히스패닉이 많이 산다. 미국의 남부와 서부 지역은 스패니쉬를 하면 영어만 하는 사람에 비해 임금도 2배 정도를 더 줄 정도로 남미와 관계있는 사람들이 많이 사는데 그들의 시선이 변하기 시작한 것이다. 콜럼버스가 위대한 발견을 한 것이 아니라 살고 있던 땅에 침략한 것이라고…

러시아와 슬라브 문화권

#14

　현재의 글로벌 세계를 주도하는 한 축으로 러시아와 슬라브 문화권을 살펴보지 않을 수 없다. 앵글로 색슨계의 영·미 국가들, 이들에 대항하는 프랑스권 프랑코폰 컨트리들, 무적함대를 자랑했던 스페인과 그들의 후예가 지배하는 남미 국가들 위에 지구에서 가장 추운 곳에 러시아가 있다. 러시아 인구는 현재 1억4천만 명으로 194개국 중 9위지만 면적은 세계 1위이다.

　알래스카를 미국에 팔고 난 뒤 과거 소비에트 사회주의 연방공화국이라 불렸던 소련에서 11개국이 독립하여 독립국가연합(CIS, Commonwealth of Independent State)을 결성하여 나갔지만 현재도 면적으로 보면 한반도 위 극동 지역부터 중앙아시아를 통해 동부 유럽까지 뻗쳐 있는 최대 면적의 국가이다. 그리고 유럽과 아시아, 즉 유라시아에 걸쳐 이들의 문화가 스며들어가 있다.

슬라브(Slav)라는 말은 러시아어 또는 러시아어의 모태인 고대 불가리아어로 '영광'이라는 뜻이다. 그런데 그런 영광스런 민족은 보통은 겨울에 영하 30도까지 떨어지는 지역에는 잘 살지 않는다. 그래서 중세 10세기경에는 주로 유럽인들에 잡혀가서 노예생활을 했다. 영어로 노예를 뜻하는 'Slave'는 슬라브 사람들이란 뜻이었다. 또 몽골이 강성했던 시절에는 몽골에 복속되어 있었기 때문에 유럽인으로 분류되지 않았던 시절도 있었다.

이런 러시아를 강대국으로 만든 이는 표트르대제(Peter the Great, 1672-1725)이다. 우여곡절 끝에 왕위에 오른 그는 당시에 남아 있던 몽골의 잔재를 일소하고 서구화 정책을 내걸어 러시아를 서구의 일원으로 확실하게 각인시킨다. 황제 본인부터 네덜란드에서 선박건조술을 직접 배우고 프로이센에 부사관으로 가장하여 입대한 후 대포술을 습득한다. 항해술과 기타 과학기술을 습득하여 당시의 전문가 수준이 된 후 러시아를 단기간에 열강의 반열에 올려놓는다.

지금 우리는 러시아를 백인들이 통치하는 서유럽 국가로 인식하지만 실제 모스크바에 가 보면 몽골의 후예가 심심찮게 눈에 띄고 아시아 쪽 러시아에는 훨씬 더 많이 보인다.

러시아가 세계사의 주역으로 확실하게 등장한 것은 1917년 일어난 공산 혁명이 성공하여 표트르대제의 후손인 로마노프 왕조를 끝내고 소련이 성립된 때부터이다. 레닌 이후 소련은 스탈린이 트로츠키와의 권력투쟁에서 승리하고 공업화와 근대화에 성공한다. 공산주의라는 국가철학의 종주국이자 경제력을 바탕으로 동유럽과 서구 열강에 침탈당했던 아시아 국가에 원조를 하면서 소련은 전 세계에 공산주의 혁명을 수출한다. 미국과 맞서는 양극체제가 글로벌하게 형성된 것이다.

소련의 공산화 지원은 광범위하고도 치밀하게 진행되었는데 고문관을 파견해 군사, 정치, 사상에 관한 것들과 경제적 지원까지도 포함했다. 더구나 중국이 공산화하고 베트남까지 공산화되면서 그 맹주인 소련의 위상은 미국을 능가할 정도가 된 것이다. 중국 상해를 여행하다 보면 공산 혁명 기념관이 있다. 대장정 당시 사진과 일화도 있고 사상토론과 군사를 지휘하는 모습들도 재현시켜 놓았는데 내 눈에 가장 강렬하게 다가온 것은 모택동과 그 친위 간부들과 어깨를 나란히 하고 있는 소련 고문관들의 사진이었다.

소련은 우리나라와도 밀접했는데 1920년대에는 조선에 설립된 조선공산당이 지나치게 지식인 위주의 엘리트 정당이라 해산을 명령하기도 했다. 또 베트남의 호치민, 식민지 조선의 박헌영 등 아시아에서 소련이 보기에 가능성 있다는 미래 지도자를 모스크바에 초청하여 상호교류하기도 하였다. 아울러 조선을 이끌 지도자를 선정하기 위해 김일성과 박헌영을 따로 불러 정견을 들어보기도 하였다고 한다.

미국과 소련의 냉전체제에서 누가 먼저 달에 가는가로 전쟁 같은 탐사경쟁이 일어난다. 또 자본주의 시장경제가 나은가 중앙집권적 계획경제가 나은가에 대한 철학적 대결도 지속된다. 전 세계가 미국과 소련의 양 진영으로 나뉘어 대결을 벌이다가 소련은 고르바초프, 옐친을 거치면서 해체된다. 위성국가로 불렸던 동유럽 국가들도 시장경제를 취하고 우즈베키스탄 등 '~탄'자 돌림 11개의 연방국이 CIS 국가로 독립하자 소련이 몰락하고 러시아도 몰락하는 것으로 보였다.

그러나 지금의 러시아는 새로운 강대국으로 글로벌 세계에 등장해 있고 과거 소련연방국과 위성국가들 중심으로 슬라브 문화권을 형성하고 있다.

러시아와 슬라브 문화권을 묶는 가장 강력한 힘은 무엇일까?

나는 동방정교회(Orthodox Catholic Church)라고 본다. 같은 종교를 믿기 때문에 문화가 같고 생활양식이 비슷해지고 일체감이 유지된다. 그러면 그리스 정교회, 러시아 정교회 같은 것들은 무엇이고 천주교라 부르는 로마 가톨릭과 다른 것인가? 같은 것인가? 글로벌 세계를 이해하기 위해 우리는 세계의 주류 종교에 대해 조금 살펴보자.

기독교는 원칙적으로는 천주교와 개신교를 합하여 부르는 말이다. 개신교는 로마 교황청에서 시작된 천주교(로마 가톨릭, Roman Catholic)의 면죄부 판매에 반발하여 나온 종교로 프로테스탄트(Protestant)라 불리는 종교다. 서양사회가 로마 가톨릭(천주교, 구교)과 프로테스탄트(개신교, 신교)로 나뉘어 서로 죽이는 잔인한 종교전쟁을 했고, 신교는 미국에 건너가 꽃을 피웠다. 거기서 장로교·감리교·성결교·침례교 등의 프로테스탄트 종파가 생겨났고, 이들 개신교가 우리나라에 선교되면서 같은 기독교이지만 천주교와 구별하여 개신교라는 이름으로 불리고 있다.

그러면 천주교(Catholic)면 천주교이지 로마 가톨릭은 무엇인가? 로마 가톨릭이 아닌 가톨릭이 있는가? 쉽게 얘기하면 로마 가톨릭이 아닌 가톨릭을 정교회(Orthodox Catholic Church)라 보면 된다. 로마에 비해 동쪽에 있기 때문에 동방정교회라 불리고 로마 가톨릭이 1964년까지는 라틴어로만 미사를 드린 반면에 동방정교회는 지역 실정에 따라 그 나라말로 미사를 드렸기 때문에 그리스 정교회, 러시아 정교회 등으로 나뉘어 불린다.

서양사를 관통하는 구심점이던 가톨릭은 왜 나뉘어져 사람을 헷갈리게 할까? 주지하다시피 예수와 열두 제자는 다 유대인들이다. 예수의 가르침을 따르고 그 사상을 전파하던 열두 제자는 당시 세상을 통치하던 로마에 의해 대부분 처형당하는 순교를 하게 된다. 로마는 제우스를 주신으로 하는 다신교를 믿고 있었고 그 신의 대리인이 로마 황제인데 예수와 그 제자들은 그것을 부정하고 예수가 신의 아들이라 주장하고 다신교는 우상을 섬기는 것이라 하였다. 예수의 사후에 기독교는 번성해 나가고 로마 관헌은 처형을 포함하여 계속 박해를 하고 있었다.

당시 세계를 제패했던 로마도 슬슬 제국의 힘이 빠지면서 광활한 영토의 각 전선에서 이민족의 침입과 국지적 소요를 겪던 시절이었다. 제국을 4두체제로 나누어 로마를 기점으로 한 서로마와 이집트 동쪽 지역을 통치하는 동로마로 분할통치가 지속되고 있었다. 이 혼돈의 최종 종착점은 A.D. 312년에 로마 근교의 말뷔우스 다리에서 콘스탄티누스(Constantinus)와 막센티우스(Maxentius)가 로마의 황제 자리를 놓고 마지막 대결을 벌인 것이다. 콘스탄티누스대제는 전날 꿈속에서 십자가의 환영을 본다. 그리고 "이 표식으로 너는 승리하리라"라는 음성을 듣고 자신의 군대 모든 병사의 방패에 십자가를 칠하고 전투를 치르고 실제로 대승을 거둔다.

황제가 된 콘스탄티누스는 313년에 밀라노 칙령을 내려 기독교에 대한 박해를 금지하고 종교의 자유를 허용한다. 이후 기독교는 로마제국의 우산 속에서 서구 문화의 중심을 차지한다. 당시 로마가 서로마와 동로마로 나뉘어져 있듯이 교회도 서로마교회와 동로마교회로 나뉘어져 있었다. 문제는 서로마제국이 지금의 독일, 당시에는 야만족으로 알려진 게르만 용병부대에 무너진 것이다. 서로마제국은 무너졌지만 서로마교회는 게르만족의 포교에 성공한다. 문명국인 로마제국의 국교라는 것이 게르만족에게 통했고 서로마교회는 동로마 황제로부터 슬슬 벗어나기 시작하는 계기가 된다.

콘스탄티누스대제가 로마의 유일 황제가 되면서 수도를 로마에서 비잔틴으로 옮겨 콘스탄티노플로 개명했고 게르만족의 침입도 없이 그대로 로마의 정통성을 지키고 있다고 본 동로마는 모든 면에서 서로마교회보다 우위에 있다고 보았다. 그러나 동로마와 서로마교회는 서

—

바티칸 폰티피치궁에 있는 라파엘로가 그린 그림.
콘스탄티누스대제가 십자가의 환영을 보고 전쟁에서 승리했다는 것을 라파엘로가 묘사했다.

고난의 상징, 십자가가 영광의 상징으로 바뀌는 순간이다.

로 분열의 길을 가나가 1054년 콘스탄티노플의 성소피아 성당에서 서로를 기독교 신앙에 대한 이단으로 파문해 버린다.

사는 지역이 달라지면 묘하게도 사람들의 말이나 행동, 생각도 달라지는 경향이 있는데 로마와 콘스탄티노플은 너무 멀리 떨어져 1000년 정도를 따로 살아오다 보니 교회사제들도 복장이나 수염, 예배의 형식 등에서 약간씩 달라졌다. 동로마에서는 동방의 영향을 받아 신비적인 종교관과 영적체험이 강조되면서 사제들도 수염을 기르고 복장도 서로마교회와 달라졌다. 서로마에서는 로마법의 영향을 받아 논리적이고 성서 중심적인 교회와 위계가 강조되고 당시 문맹인 일반 민중을 교화하기 위해 십자가와 성물들을 많이 활용하였는데 이걸 동로마교회에서 우상숭배라 주장한 것이다.

거기에 필리오케(Filioque) 논쟁까지 분열을 결정적으로 부추겼다. 가톨릭교회의 기본 교리 중 하나는 성부와 성자, 성령이 하나라는 삼위일체론(三位一體論)이다. 성부(하나님), 성자(예수 그리스도), 성령이 하나라는 삼위일체론은 니케아 공의회에서 이를 부정하는 아리우스(Arius)파와 아타나시우스(Athanasius)파와의 교리 대결이 있었다. 서로에 대한 이단논쟁을 콘스탄티누스대제가 지금의 터키 니케아 지역으로 사제들을 소집하여 직접 듣고 아타나시우스파의 삼위일체론을 정통으로 인정한 것이다.

이로써 예수 그리스도가 신의 피조물로서 제일 높은 존재라는 아리우스파의 예수 피조성은 이단이 되어 버린다. 성부와 성자는 동일

한 본질이며 영원히 공존하고 창조된 것이 아니라 나신 것이라는 삼위일체론이 정통교리로 확립되었다.

당시 성경의 표준 언어는 그리스어로 쓰여진 동로마의 성경이었고 서로마교회는 이를 라틴어로 번역한 성경을 사용하고 있었다.

그런데 그리스어 성경 원문 중 "성령은 성부에게서 발(發)하시고(토 에크 투 파트로스 에크포류오메논 τό εκ τού Πατρός εκπορευόμενον)"라는 구절은 서로마의 라틴어 번역본에서 "성령은 성부와 성자에게서 발하시고(꿰 엑스 파트레 필리오케 프로세디트 qui ex Patre Filioque procedit)"로 바뀌어 사용되고 있었다. 여기서 라틴어 필리오케(Filioque)는 'and the Son'(그리고 성자에게서)이라는 뜻이다.

그리스어 원문에는 "성령은 성부에게서 발한다"라고 되어 있는데 번역본인 라틴어에는 "성령은 성부와 성자에게서 발한다"라고 되어 있었던 것이다. 니케아 공의회 이후 381년에 정통으로 채택된 니케아–콘스탄티노폴리스 성경의 그리스어 원본에는 없던 구절이 나타난 것이다.

동로마교회는 성령은 성자에게서는 나올 수 없고 이는 성경의 원문을 위조한 이단이라 주장하였고, 서로마 측에는 원래 있던 것을 동로마의 그리스 성경에 처음부터 잘못 해석되어 기록된 것이니 이것이 이단이라고 주장하였다.

이런 이단논쟁은 왜 일어났을까?

당시 교황은 로마의 황제가 임명하였다. 박해하다가 그것을 멈추고 국교로 인정해 줬으니 당연히 교황은 황제 밑에 있었고 황제가 농로마에 머물렀으니 동로마교회가 서로마교회를 리드하는 것이 당연시 되었다.

그런데 만일 성령이 성자(예수 그리스도)에게서도 발한다고 해석되고 인정된다면 어떤 일이 생길까? 서로마교회의 초대 수장이자, 초대 교황은 예수가 천국의 열쇠를 맡겼다고 알려진 베드로이다. 신(神) 예수로부터 명시적으로 교회의 수위권을 받은 사람인데, 서로마교회는 베드로의 순교를 기려 베드로의 무덤 위에 지어진 것이다.

결국 서로마교회–베드로–성자(예수)로 연결되는 라인에서 성령이 성부(하나님)에서도 발하고 성자에게서도 마찬가지로 발한다면 서로마교회와는 동로마교회로부터 독립적으로 운영되거나 오히려 우위에 설 수도 있는 것이다. 또 서로마교회는 로마 황제로부터 독립해 만만한 게르만족의 왕들을 흔들어 볼 수도 있는 것이다. 결국 두 교회는 서로를 이단이라고 파문해 버리고 각자의 길을 가게 된다.

이후 서로마교회는 로마의 바티칸을 정점으로 일사불란한 지휘 체계를 갖춘 세계 최대의 종교 단체가 되었다. 1964년까지는 모든 미사가 라틴어로 진행되었고 미사의 의식이나 절차도 전 세계가 동일했다. 반면 동방정교회는 교회가 있는 나라의 모국어로 미사를 드린다. 교회 조직도 러시아 정교회, 그리스 정교회 등 각 국가의 상대적 자율성을 인정하여 발전해 왔다.

동방교회의 성당은 파리나 로마 등 서유럽에 많은 고딕양식의 성당과는 다른 건축양식을 가진 것들이 많다. 그중 가장 아름답다는 러시아 모스크바의 성 바실리성당(St. Basil's Cathedral)을 예를 들어 보면, 성당의 첨탑 부분이 양파 머리처럼 보인다. 이것은 쿠폴(coupole, kupol)이라고 프랑스어로 둥근 돔 양식을 뜻하는데 신을 향해 촛불처럼 타오르는 신자들의 믿음과 기원, 성령 충만을 뜻한다.

쿠폴 위에는 십자가가 있는데 서로마교회의 열십자형 십자가에 가운데 가로형의 바가 하나 더 있어 슬라브 십자가라 부른다. 예수가 처형될 당시 어깨 위에 머리 부분을 뜻하는 막대기를 하나 더 넣었고 발받침대가 약간 비스듬히 있다. 오른쪽 올라간 부분은 예수의 오른쪽에 있던 선한 도둑 디스마스(Dismas)를 뜻하고 왼쪽은 죽음에 있어서도 회개하지 못한 악한 도둑 게스타스(Gestas)를 뜻한다. 동방교회는 외견상으로도 로마교회와 다른 모습을 보인다.

슬라브 문화권을 엮는 또 다른 키워드는 자작나무이다. 자작나무는 위도가 높은 추운 지역에서 자라며 목재가 단단하고 곧기 때문에 영험한 나무로도 인식되기도 한다. 자작나무에서 자일리톨 성분이 추출되어 껌에도 이용되기도 하지만, 백설이 천하를 덮은 북반구에서는 자작나무로 지붕을 해서 덮고 화톳불을 밝혔다. 껍질이 종이처럼 하얗게 벗겨지고 얇아서 사랑의 밀어를 써서 전하기도 했던 이 나무는 겨울이 몹시 추운 북반구에서는 실용성과 서정성 두 가지를 다 간직하고 있는 나무이다.

모스크바에 있는 성 바실리 성당. 러시아 정교회 최고의 성당이라 할 수 있다.
똑 같은 건물을 못 짓게 공사 완료 후 건축가를 실명시켰다는 설이 있다.

—

가운데 머리 받침대가 하나 더 있는 정교회 십자가.
예수가 십자가에 못 박혔을 때
한쪽 다리가 올라가 있었다고 하여 발 받침대가 비스듬하다.

평안북도 정주 출신으로 1930년대 모더니즘을 이끌었던 시인 백석의 시 중에 자작나무를 읊은 「백화(白樺)」라는 시가 있다.

산골집은 대들보도 기둥도 문살도 자작나무다
밤이면 캥캥 여우가 우는 산도 자작나무다
그 맛있는 모밀국수를 삶는 장작도 자작나무다
그리고 감로같이 단샘이 솟는 박우물도 자작나무다
산 너머는 평안도 땅도 뵈인다는 이 산골은 온통 자작나무다

〈백석, 「백화(白樺)」, 『조광』 4권 3호, 1938.3.〉

우리나라도 함경도 지방은 러시아와 국경을 마주하고 있으니 슬라브 문화권의 맛을 약간은 알고 있는 것 같다. 백석이 이 정도 읊는다면 슬라브 문화권이 자작나무에 느끼는 감정은 어느 정도일까?

러시아와 슬라브 문화권은 춥다. 전쟁의 신 나폴레옹이 모스크바를 점령했지만 추위에 패했다. 독일도 소련을 침공했지만 결국은 추위에 패했다. 그래서 러시아는 '1월 장군(General January)' '2월 장군(General February)'이라는 말이 있다. 겨울 추위, 즉 동장군 중 1월 장군과 2월 장군이 적군을 박살냈고 앞으로도 패퇴시킬 것이라는 뜻이다. 실제 영하 20도를 넘어가는 경우 자동차의 배터리가 나가 버리는 경우가 많다.

또 사람의 신체부위 중 머리를 노출하고 강추위에 다니는 경우 실
핏줄이 터져서 약간의 뇌졸중 현상을 보이는 경우도 있다. 그래서 러
시아 문화권에서는 겨울에 항상 모자를 쓴다. 모자도 머리에 딱 붙
는 것이 아니라 속에 공간을 넣어 올라가는 형태이다. 이는 해빙기 고
드름이 녹아 머리로 떨어질 때 바로 떨어지면 대형사고가 나지만 머리
위 약간이라도 공기가 있으면 쿠션 작용으로 고드름이 송곳처럼 떨어
지는 것을 방지해 주기 때문이다. 추위가 패션을 결정하는 것이다.

이런 추위를 견디기 위해 발달한 술이 보드카다. 표준 도수 40도로
설정되어 있지만 실제로 60도나 70도짜리 보드카도 있다. 추위를 견디
기 위해 하도 마셔서 러시아 남자 중 30대를 넘어서 멀쩡한 사람이 없
다는 농담도 있지만 전 세계 누구나 알아주는 술임에는 틀림없다.

슬라브 문화권은 러시아를 맹주로 해서 보드카와 자작나무를 양
손에 들고 지구상 최고 넓은 지역에 분포하고 있다.

세계를 흔들고 있는 유대인

#15

2019년 현재 세계 인구는 약 76억 명 정도로 추산되고 있다. 그중 약 0.2%를 조금 넘는 1,700만 명 정도 사람들이 세계 전체의 부 30% 정도를 장악하고 있다면 어떻게 생각해야 할까? 과장하는 사람들은 0.2%에 불과한 이들이 세계 경제력의 60%를 장악하고 세계사의 모든 일들을 뒤에서 조종해 왔다고까지 한다.

2014년 기준 전 세계의 300대 부호 중 35명을 차지하고 2천년 이상 갖은 박해를 받아 세상을 떠돌면서도 자신들만의 언어와 문화를 간직하고 있는 이들은 유대인(Jew)이라 불린다.

우리에게 알려진 유대인은 2차 세계대전 당시 독일 히틀러에게 6백만 명이나 학살당하고 중동 지역에 이스라엘을 세워 중동 분쟁의 원인을 제공한 국가로 알려져 있는 경우가 많다. 그냥 세계사에 등장한

한 민족이나 국가 정도로 인식하고 넘어가도 되지만, 1997년 외환위기가 우리나라에 터졌을 때 뉴욕 월스트리트의 주요 금융자본이 유대인들 소유인 것이 알려지면서 유대인들이 새롭게 부각되었다.

20세기를 활짝 열어젖힌 컴퓨터 혁명은 유대인으로서 윈도우를 만든 빌 게이츠의 머리에서 나왔다. 요즘 전 세계를 휩쓰는 페이스북(Facebook)은 하버드 대학에 다니던 20대의 유대인 마크 주커버그가 하버드 대학을 비롯한 아이비리그(Ivy League) 대학의 친구들끼리 네트워킹하기 위해 설립한 SNS 프로그램이 기업화된 것이다. 하버드 대학을 비롯한 동부 명문대학의 30% 정도가 유대인 학생들과 교수들로 이뤄져 있다. 경제학 전공을 보면 아이비리그 대학 교수진의 80% 정도가 유대인이다. 구글(Google)은 래리 페이지와 세르게이 브린이라는 유대인 청년 2명이 창업한 것인데 지금 구글은 초일류기업이 되어 있다.

60~70년대까지는 프랑스 영화와 프랑스 출신 영화배우가 세계적 대세를 이루었으나, 20세기 들어서는 미국 할리우드 영화가 전 세계를 장악하고 있다. 그중 제일 유명한 감독이자 제작자인 스필버그도 유대인이다. 그가 기용하는 배우도 알려지지는 않았지만 유대인이 많다.

다시 본론으로 돌아가면 예수 그리스도와 12사도가 유대인이고 유대교에서 나온 종교가 로마 가톨릭, 동방정교회, 개신교, 이슬람교이다. 서구 주요 종교의 시조가 되는 셈이다.

서구 자본주의는 아담 스미스의 '국부론'에서 시작되었다. 시장에서 가격의 메커니즘을 '보이지 않는 손(Invisible Hand)'으로 정의하고 이

가격에 의해 시장이 효율직으로 돌아긴다고 했다. 제빵사나 제화공이 종교적 선의에 의해 빵이나 구두를 만드는 것이 아니고 자신들의 이익에 부합하기 위해 만든다고 명쾌하게 정의했다. 데이비드 리카아도라는 포르투갈 출신 유대인은 여기에 서로 교환하면 이익이 서로 극대화 된다는 비교우위설(Comparative Advantage)을 만들어 냈다. 빵을 열심히 만들고 구두를 열심히 만들어 서로 교환하면 한 사람이 빵도 만들고 구두도 만드는 것보다 서로 이익이라는 것인데, 시장에서 교환이 이익이 된다는 것을 명쾌하게 정리했다. 교환과 자유무역이라는 서구 경제학의 토대가 놓인 것이다.

이 서구자본주의가 제국주의로 달려갈 무렵 또 다른 유대인인 칼 마르크스는 자본주의는 자체모순으로 무너진다는 공산주의를 창안해 냈다. 이를 실행에 옮겨 제정 러시아를 무너뜨린 볼셰비키 혁명을 일으킨 레닌도 유대인이다. 그래서 러시아 공산당에는 유대인 간부가 많았었다.

레닌 이후 스탈린에게 권력투쟁에서 패해 남미대륙에서 등산용 피켈로 암살당한 트로츠키도 유대인이다. 레닌과 트로츠키 사이의 서신이 공개되면서 레닌이 유대인인가 아닌가에 대해 결말이 명확히 내려졌다. 결국 자본주의와 공산주의는 유대인들의 지적 산출물이라고 본다면 너무 논리가 비약되는가?

1997년 외환위기 이후 우리에게 익숙해진 골드만삭스는 골드만과 삭스라는 두 유대인 장인과 사위가 만든 회사이다. 리만 브라더스도 마찬가지고…. 일일이 열거할 필요가 없지만 「 ~만」자로 끝나는 상당수 월스트리트 금융자본은 유대계 자본이고 미국 중앙은행(FRB, Federal Reserve Board)은 이들과 밀접한 관계를 가지고 있다. 실제 역대 의장의 상당수는 유대인 경제학자들이다. 아인슈타인을 비롯한 과학계도 비슷해서 2017년 현재 902명의 노벨상 수상자 중에서 203명(22.5%)이 유대인이다. 0.2%의 인구가 22%의 노벨상을 배출한다는 것은 놀라운 일 아닌가?

어떻게 이런 일이 가능할까? 성경에 보이는 유대인은 이집트 파라오의 노예로 있었고 로마의 박해를 받았고 나라 없이 전 세계를 유랑했는데…. 히틀러가 유대인 600만 명을 학살했을 때 다른 나라 민족들은 왜 가만 있었으며 괴테와 칸트를 배출한 철학의 나라 독일은 지성국가로 유명한데 어떻게 이런 홀로코스트가 가능했을까?

셰익스피어(Shakespeare, 1564-1616)는 16세기 영국의 문인이다. 『햄릿』이라는 명저를 남겼지만 그가 지은 『베니스의 상인』에는 안토니오라는 주인공이 유대인 고리대금업자에게 돈을 빌리고 못 갚아 위기에 처한다. 피도 눈물도 없는 악덕 고리대금업자로 묘사된 다른 주인공 샤일록은 돈을 못 갚을 경우 안토니오의 살 1파운드를 베어 낸다는 계약을 한다. 셰익스피어는 이런 반인륜적 계약을 하고 대가로 고리의 이자를 챙기는 인물을 샤일록이라는 유대인으로 설정했다. 르네상스(14세기~16세기) 이후 깨어난 유럽 사회에 유대인은 피도 눈물도 없는 고리

대금업자의 이미지를 가진 것이다.

러시아의 문호 도스토옙스키(1821-1881)가 저술한 『죄와벌』에서는 순수한 법학도 라스콜리니코프가 흡혈귀 같은 고리대금업자 노파인 알료나 이바노브나를 도끼로 살해하는 장면이 나온다. 이 선한 대학생은 사회의 기생충 하나를 제거하여 공공선(公共善)을 올릴 수 있다는 자기 확신에서 노파를 살해한 것이다.

셰익스피어 시대나 도스토옙스키 시대나 돈을 빌려주고 이자를 받는 행위는 전통적인 기독교도가 해서는 안 될 일이다. 더구나 이를 고리로 받고 타인의 궁핍을 활용하는 채무상환 방법은 유럽 사회에서 멸시받는 직업이었는데, 유대인들은 이런 환전업과 대금업에 상당한 소질이 있고 많이 종사하고 있었다. 이슬람법에서도 돈을 빌려주고 이자를 받는 행위는 교리상 금지하고 있다. (물론 현실에서는 다른 우회적인 방법으로 이자를 받고 있다.)

유대인이 고리대금업에 종사해서 집단적으로 미움을 받았는가? 그것만이 아니다. 성경에서 인간의 몸을 빌려 태어나 신성을 회복한 최고 지고지순한 존재인 예수를 밀고하여 십자가에 못 박히게 한 사람들이 누구인가? 유대 12개 지파 중 율법을 담당한 바리새파(Pharisee)가 주동을 하였지만 기본적으로는 유대인들이 예수를 처형한 것과 다름이 없는 것이었다. 마녀사냥까지 하던 중세 기독교가 이런 유대인들을 포용할 리는 없었던 것이다.

그래서 유럽에는 유대인들만 모여 사는 집단 거주지가 있었다. 게토(ghetto)라고 불리는 지역이었는데, 1179년 가톨릭은 라테라노 공의회에서 기독교도와 유대교도는 상호교류를 금지한다고 선언했다. 14세기에는 유대인들이 페스트를 옮긴다는 소문이 돌면서 이탈리아·독일·체코·러시아 등 곳곳에서 경쟁적으로 유대인들을 게토 속에 가두어 놓고 시민권은 안주고 자치권만 제한적으로 허용해 주고 있었다.

이탈리아의 게토를 예를 들면 유대인이 게토 밖을 외출할 경우 일출기간 중 허가를 받아 유대인이라고 식별되는 모자나 두건을 쓰고 상의에 황색의 표시를 달고 다녀야 하며, 일몰시에는 다시 게토로 돌아가야 했다. 높게 둘러친 담장 옆에는 이탈리아 출신 기독교도 경비병이 항상 경계를 서고 있었다. 이것이 일반적인 유럽 게토의 모습인데 이중에서도 예외는 있었다.

봉건제의 유럽은 왕실이나 귀족이나 재산을 불리고 관리하는 것이 필수불가결한 조건이었는데, 유대인 중에 재산 관리에 능하거나 회계에 밝은 사람들은 왕이나 귀족의 관재인이 되어 게토 생활을 하지 않고 집사로서 살아가는 경우도 많았다. 유대인 내에서도 계층의 분화가 있었다고 보는 것이 옳은 판단이다.

또 거주 지역을 중심으로 크게 두 파로 분류된다고 보는 것이 일반적이다. 유대인들이 고국을 떠나 살 때에 지금의 북아프리카와 스페인 지역의 이베리아반도로 들어가 정착한 세파르디(Sephardi Jews) 계열의 유대인이 있고, 독일 중심으로 들어가 북유럽에 퍼진 아슈케나지(Ashkenazi Jews) 계열의 유대인들이 있다.

중세에는 지중해 지역 불산이 풍부해 세파르디 계열이 부유했고 상대적으로 박해도 적었다고 알려졌으나, 유럽이 깨어나면서 로스차일드(Rothchild) 가문 등 독일 중심으로 부를 축적한 유대인들이 나타났고, 현재 미국을 중심으로 전 세계를 주름잡는 유대인은 아슈케나지 계열이다.

그러면 핍박받던 유대인이 어떻게 게토에서 해방되었을까?

1789년 일어난 프랑스 혁명은 자유, 평등, 박애를 모토로 유럽을 휩쓸었고 나폴레옹이 유럽 각국과 전쟁을 하면서 더 퍼졌다. 근대에서 현대로 넘어가는 시점에 등장한 자유, 평등, 박애의 정신은 유럽 각국에서 3색의 깃발을 국기로 채택할 만큼 유행했는데 게토도 이때부터 없어지기 시작했다. 러시아나 중동 지역에 남아 있기도 했지만 서유럽에서는 공식적으로 1870년 로마에 있던 게토를 마지막으로 사라져 버렸다.

이후 유대인은 전통적인 상술, 금융업, 지식산업에 종사하면서 날개를 달기 시작한다. 대금업과 환전업은 은행과 무역업으로 진화하고 과학기술은 원자탄에서부터 구글과 페이스북을 만들어 냈다. 할리우드 영화산업은 물론이고 전 세계 음악매니지먼트는 사실 유대 자본이 움직인다고 보는 것이 맞다. 일반인이 소화하기 어려운 오페라를 경량화한 뮤지컬도 유대인들의 새로운 창작 예술이다.

유대인의 이런 힘은 어디서 나올까?

『탈무드(Talmud)』와 교육방식에서 나온다고 알려져 있다. 우리에게 많이 알려진 유대인식 교육방법은 질문과 토론이 제일 중요한 본질이라는 것이다. 유대인들은 예시바(Yeshiva)라는 탈무드와 유대철학을 공부하는 도서관에서 서로 질문하고 답하고 토론하는 하브루타(HAVRUTA) 방식으로 공부한다고 알려져 있다. 도서관이 조용한 곳이 아니라 서로 초면이라도 생각을 토의하는 장소이고 이런 토론식 공부방법이 유대인의 힘이라는 것이다.

하브루타 교육법은 독서백편의자현(讀書百遍義自見)이라며 일단 외우고 보는 우리 교육과는 전적으로 다르다고 언론과 출판에 많이 소개되던 방법이다. 우리는 '하늘 천' '땅 지'라고 일단 외우고 보는 교육법인데 내가 보기에는 무엇이 효과적일지 판단이 서지 않는다. 기본 지식도 없이 토론한다는 것이 빈 수레가 요란하기만 한 일을 만들 수도 있다고 보기 때문이다.

오히려 『탈무드』나 유대인들이 교육에 대한 주제가 구체적이고 실용적이기 때문에 사변적(思辨的)인 우리나라 교육보다 현대 4차 산업사회에 잘 맞아 들어간다고 보인다. 『탈무드』나 유대교육에서는 제일 비참하고 불행한 것이 가난이라고 한다. 그리고 박해 속에 세상을 떠돌면서 얻은 경험상 제일 믿을 만한 것은 돈이라고 한다. "황금 보기를 돌같이 하라"는 우리와는 너무나 다른 관점이 아닌가!

또 내가 보기에 중요한 것은 유대민족은 교권일치(敎權一致)의 사회라는 것이다. 보통의 중동국가는 제사장이 통치하는 신권일치(神權一

致)의 사회이고 고대국가 대부분이 신권일치 국가였는데, 유대인들은 랍비(Rabbi)를 정점으로 한 교권일치의 사회구조를 가지고 있다. '랍비'란 말은 히브리어로 '나의 선생님' 또는 '나의 주인님'이라는 뜻인데, 유대교의 사제이기도 하고 교사이기도 하고 정치지도자이기도 하다. 이들은 기본적으로 『구약성서』와 『탈무드』에 대해 정통하고, 교육활동에 폭넓게 참여할 뿐 아니라 유대공동체의 사업과 봉사에 관여하는 큰 어른이다. 랍비들은 기본적으로 사제이지만 마을에서 제일 똑똑한 선생님이다.

예루살렘이 로마에 포위되어 항복을 할 때 유대인들이 내건 유일한 항복조건이 학교에서 교육을 하는 것은 허용해 달라는 것이었다고 한다. 그러면 지금은 비록 항복해도 재기가 가능하다고 랍비들이 판단한 것이다.

유대인들은 매주 시나고그(Synagogue)라는 자신들의 교회당에서 예배도 드리고 집회도 하며 교육과 사교도 한다. 유럽의 도처에 그리고 미국에도 유대교회인 시나고그가 있고 그곳이 유대 커뮤니티의 구심점 역할을 한다.

나는 1993년경 UN의 훈련생으로 선발되어 벨기에 안트베르펜(Antwerpen)에서 한 달 동안 연수를 한 적이 있다. 안트베르펜은 1920년도에 올림픽이 개최될 정도로 부자 도시이고 우리에게는 친숙한 「플란더스의 개」라는 영화의 무대이기도 하다.

유대인의 상징인 다윗의 별. 별이 5각형이 아니라 6각형이다.
다윗이 골리앗을 쓰러뜨릴 때 방패에 있던 표식에서 유래됐다는 설이 있다.

홀로코스트 상황에서는 비극의 표식이었지만
이스라엘 국기에 사용될 만큼 영광의 표식이기도 하다.

　내가 한 달 동안 머무르면서 놀란 것은 안트베르펜에서 만들어지는 수제 맥주가 100여 종류가 넘는다는 것이다. 일과 후 이곳저곳을 다니며 여러 종류의 맥주를 마셔보는 것은 당시 한국에서는 갖기 힘든 귀한 경험이었다. 3주가 지나 마지막으로 떠나기 직전에 내가 알아

챈 것은 안트베르펜이 세계 최대의 다이아몬드 가공지라는 것이다. 남아프리카공화국에서 다이아몬드 원석을 캐면 안트베르펜으로 이송되어 정교하게 가공되고, 이것이 뉴욕의 티파니에서 고가로 팔리는 것이다. 이 생산-가공-판매의 밸류체인(Value Chain) 모두 유대인들이 장악하고 있었다.

「다이아몬드는 영원히」라는 광고로 세계 다이아몬드 시장을 석권한 드 비어스(De Beers)는 남아공에서 다이아몬드를 최초로 발견한 드 비어스 형제의 이름을 따서 1888년 세실 로즈(Cecil Rhodes)가 설립했지만, 세계적 회사로 도약하기 위해 자금을 댄 것은 로스차일드 가문이다. 수에즈 운하를 개발하고 이집트 투탕카멘왕을 발굴한 것도 로스차일드 가문인데, 금융이나 석유 등에 유대 비즈니스로 성공 사례를 들자면 끝이 없다.

그러나 굳이 다이아몬드 시장을 예로 드는 것은 이들이 생산-가공-판매라는 수직계열화를 이뤘다는 것과 사업의 영역이 지구의 남반구와 북반구를 넘나든다는 것이다. 러시아에서 대규모 다이아몬드 광산이 발견된 적이 있다. 그냥 두면 공급이 늘어나 다이아몬드 가격이 폭락할 것이라 예상되자 드 비어스는 그 광산을 사 버리고 출하량을 조절하고 있다. 참으로 대단한 비즈니스 능력이다.

유대인들은 성경에서도 보이듯 박해를 많이 받았다. 그냥 꿀밤을 얻어맞는 정도의 박해가 아니라 생사가 왔다 갔다 하는 박해. 중세시대 금화에 황제의 얼굴을 넣어 주조하는 것은 로마 이후의 관습이다. 순금 100%를 보장한다는 증표로 금화에 황제의 얼굴을 넣었고, 이는 정치적 통제력도 강화하고 화폐의 안정성도 도모하는 수단이었다. 화폐 발행은 주로 유대인들이 많았고 약간의 수수료도 받았다.

황제는 어느 날 금을 95%만 쓰고 5%는 구리를 몰래 섞었다. 사람들은 모르고 시장에서 유통했다. 재미도 나고 돈도 벌자 황제와 집권층은 구리를 더 섞기 시작했다. 금 50%에 구리 50%를 섞어 순도 100%라 주장하고 남는 금 50%는 뒤로 챙겼다. 사람들은 순금 화폐는 집에 감추고 구리 섞인 돈만 시중에 유통시켰다. 악화(惡貨)가 양화(良貨)를 구축하는 현상이 나타난 것이다. 시장이 마비되고 경제가 안 좋아지자 폭동의 기미가 보였다. 황제는 선제공격을 가한다. 화폐를 만드는 저 유대인이 불순물을 섞었다. 성난 군중이 유대인의 상점을 약탈하고 생명도 위협한다. 통제가 안 되는 상황에서 유대인은 들고 갈 수 있는 것 중 돈 되는 것만 들고 야반도주한다.

도시는 다시 평안해지고 황제는 100% 순금 화폐를 다시 발행한다. 중세에 간혹 있었던 일이다. 항상 정치권력으로부터 피해를 받았던 유대인은 미국에 정착하면서부터 힘을 키우기 시작하여 이제는 정치권력을 좌우하기까지 이르렀다.

미국의 정치권력은 언론의 견제를 심하게 받는다. 워터게이트 사건도 언론의 보도로 촉발된 것이고, 어떤 정치권력도 언론의 견제를 받지 않을 수는 없다. 그중 가장 영향력 있다는 『뉴욕타임즈』『월스트리트 저널』이 유대인 소유이다. NBC, ABC, CBS 방송이나 AP뉴스 같은 통신사도 유대인 소유이다. 미국과 같이 선거민주주의를 취하고 언론의 힘이 큰 나라에서 대통령이 유대 커뮤니티에 반하는 정책을 발표할 수 있을까?

미국에는 에이펙(AIPAC, American Israel Public Affairs Committee), 미국-이스라엘 공공문제위원회라는 단체가 있다. 1954년 미국에 있는 유대인 지도자들을 중심으로 설립된 단체인데 워싱턴을 중심으로 미국 정부에 유대인과 이스라엘과의 협력문제 등을 담당하고 있다. 매년 열리는 AIPAC의 연례회의에는 미국 대통령과 상·하원의원이 대부분 참석한다. 선거자금의 최대 기부자이요, 여론 형성을 하는 대부분의 언론이 AIPAC의 영향력에 있기 때문이다.

유대인의 정·관·재계와 문화예술계에 대한 영향력은 보통 『탈무드』와 하브루타라는 교육방법에서 나온다고 우리나라에 알려져 있다. 나는 유대의 성인식이 더 중요한 요인일 수도 있다는 점을 꼭 첨언하고 싶다.

유대 성인식에 무슨 일이 있기에 그럴까?

유대인들은 남자의 경우 13세에 바르 미쯔바(Bar Mitzva)라는 성인식을 해 주고 여자의 경우 12세에 바트 미쯔바(Bat Mitzva)라는 성인식을 해 준다. 바르(Bar)는 아들, 바트(Bat)는 딸을 뜻하는 히브리어이고 미쯔바(Mitzva)는 율법 또는 계약을 뜻하니 계율대로 사는 아들, 딸 또는 신과 계약 맺은 아들, 딸이 된다. 이 성인식에서 성인이 되는 유대 소년, 소녀는 모세가 시나이 산에서 받았다는 율법인 모세5경(토라)을 읽고 성경과 손목시계 그리고 축의금을 친지들로부터 받는다.

성경을 받으면서 이제는 신과 직접 대면하고 책임도 지라는 영적 성숙을 인정하는 것이고, 시계는 시간을 잘 지키고 귀히 여기라는 의미로 준다. 축의금을 가족과 친지들이 주는데 이게 그냥 용돈이 아니다. 미국 중산층 유대 가정의 경우 보통 6만 불(한화 7천만 원) 정도가 모인다고 한다.

부모는 이 돈을 이제 성인이 된 아들, 딸의 명의로 투자해 놓는다. 예금을 들거나 채권을 사놓거나 우량주식을 사 두거나 해서 최대한 수익이 많이 나올 수 있는 곳으로 투자를 해 놓는다. 이후 자녀들이 고등학교를 마치는 18세경이 되면 원금을 포함하여 늘어난 이 돈을 다시 아들, 딸에게 준다. 부모의 관리 능력에 따라 6만 달러는 늘어날 수도 있고 줄어들 수도 있다. 중요한 것은 사회를 나서는 자녀들이 일단 목돈을 들고 자기 재산을 어떻게 불릴지 생각하며 살아간다는 것이다.

대학교를 4년 졸업하고 중간에 군대 3년 갔다 오고, 그리고 학원에 다니며 취업을 준비하는 우리나라 아들딸들과, 군대도 가지 않고 18세에 자기 돈 6만 달러 + α를 들고 세상에 나가는 아들딸들과는 어떤 결과가 나타날까? 더구나 전 세계에 걸쳐 유대 민족의 네트워크가 있고 시나고그에만 가면 서로 교류할 수 있는 동포가 가득한데!

집시(Gipsy)는
어디서 와서 어디로 가는가?

16

유럽을 여행하다 보면 관광지에서 구걸하는 사람들을 자주 본다. 파리의 경우는 에펠탑 근처나 몽마르트르 사원 앞 광장에서 자주 볼 수 있는 모습인데, 유럽풍에 약간 인도풍이 섞인 집시라고 불리는 사람들이 많다. 이 일단의 종족은 14~15세기경 유럽에 나타났는데 일정한 주거와 직업이 없이 떠돌아다닌다. 생계는 주로 구걸을 하고 간혹 빈집털이나 좀도둑질도 한다. 각국 정부가 유치장에 넣기도 하고 탄압을 해도 '너는 탄압해라. 나는 나대로 산다'는 식으로 버틴다.

각국의 실정법을 명확히 어기지 않으면 딱히 감옥에 보내기도 쉽지 않으니 유럽의 여러 나라들은 집시들에 대해서 골머리를 앓는 편이다.

우리나라 사람들은 인정이 많아 에펠탑을 관광하다가도 아이들이 두 손을 내밀어 구걸하면 인지상정상 그냥 지나치기 어려운 성정을 가지고 있다. 1달러나 10달러를 주다보면 어느새 주위가 집시 어린이들로 빙 둘러싸인다. 노트르담 사원에 가서 관광하다가도 비슷한 일이 생기고, 오후에 몽마르트르 사원으로 이동하면 거기서도 비슷한 일을 겪는다. 조금 익숙해져서 자세히 보면 에펠탑에서 봤던 아이가 있기도 하고, 집시 어린이들 주변에 어른들이 한두 명 서성대며 구걸을 코치하는 걸 보면 상당한 배반감을 느끼게 된다.

집시의 문화는 참으로 이해하기 어려운 것이 부모가 아이들을 앞세워 구걸을 시키고 여차하면 소매치기도 시킨다. 우리나라 부모들의 마음은 한결같이 똑같아 자신이 희생을 해서라도 자식만큼은 고생하지 않고 번듯하게 사회생활을 할 수 있기를 바라는 마음뿐인데, 집시는 자식을 내세워 구걸을 시키다니!

구걸이 안 되면 즉석으로 악기를 다루거나 춤을 추기도 한다. 간혹 반짝이 옷을 입고 차력술 같은 묘기를 선보이거나 재주를 부리고 관중들로부터 돈을 받기도 한다.

나는 파리에 살면서 로마를 여행한 적이 있다. 로마는 파리보다 더 유명한 관광지가 많고, 세계에서 모인 관광객이 인파를 이루고 있었는데 파리보다 더 무질서한 편이었다. 카페에서 커피를 마시면서 우연히 밖을 내다보면 아시아나 미국에서 온 관광객들에게 10대 후반이나 20대 초반의 여인 서너 명이 접근하는 것이 눈에 띈다. 한두 명은 말을 걸고 안내를 하는 척하지만 나머지는 뒷주머니를 터는 경우가 내 눈에도 선명히 보이는 경우가 많았다.

몰랐으면 이탈리아 사람들이라고 생각했을 터이나 파리에 살면서 한국에서 온 지인들을 가이드 해 본 경험이 많기에 집시들인 줄 금방 알아차렸다. 요즘은 로마나 파리의 집시들이 관광객이 몰리는 러시아 모스크바로 원정을 가기도 한다고 한다. 저가항공사가 많이 생겨서 새벽 일찍 혹은 저녁 늦게는 50달러(약 6만 원) 정도로 유럽 어디든 움직일 수 있다니 집시도 점점 글로벌해지고 있다.

집시는 어디서 온 사람들일까?

서양 학문이 여러 분야에서 눈부시게 발전했지만 아직 정확한 기원은 밝히지 못하고 있다. 476년 서로마제국이 멸망하면서 서로마의 노예들이 고향에 돌아가지 못하고 방랑했다는 설이 있다. 또 다른 설은 인도의 하층 카스트계급이 인도를 떠나 이란을 거쳐 동유럽으로 들어왔다는 설이다.

집시들은 스스로를 보통 '롬(Rom)' '돔(Dom)' 등으로 부르며 자신들만의 언어 집시어, 로마니(Romany)를 가지고 있다. 처음 유럽에서 집시를 이집트 유랑난민으로 잘못 알고 이집트인(Egyptian)이라 했는데, 이 말이 '집시(gipsy)'로 변했다고 한다.

히틀러도 집시를 문제종족으로 보아 2차 세계대전 당시 약 30만 명을 학살한 적이 있다고 한다. 집시는 유대인들과 같은 영향력은 없어 독일 정부는 아직 이에 대한 사과를 하지 않았다.

2008년에 이탈리아 해변의 사진 한 장이 전 세계를 강타한 적이 있

—

2008년 이탈리아 나폴리 북부 해안에 익사한 12살, 11살 난 집시 소녀들 옆에서 일광욕을 즐기고 있는 관광객들. 1시간 동안 시신이 방치되었는데 대부분의 관광객들이 아무렇지도 않게 해안가에 있었다고 한다.

는데 해변 가에 집시 여자 어린이 두 명이 익사한 사체 옆에서 유럽 관광객이 일광욕을 즐기는 사진이었다. 어쩌면 사람이 이럴 수가 있을까 하는 경악과 한편으로는 집시에 대한 유럽인들의 편견이 이리도 강한가 하는 감정이 동시에 묻어나는 충격적인 사진이었다.

그런 집시가 문학작품이나 음악에 나타날 때는 목숨과 사랑을 바꾸는 격정성이나 별을 보며 유랑하는 낭만적인 모습으로 그려진다. 비제가 작곡한 오페라 「카르멘」을 보면 이국적인 스페인의 투우경기장을 무대로 예쁜 집시 카르멘이 건실한 호세를 파멸에 이르게 하는 팜므 파탈(Femme Fatale)로 나온다. 우리나라에서도 유명했던 가요 「집시여인」의 영향으로 집시는 별을 보며 점을 치고 천하를 유랑하는 해방감과 서정성을 동시에 가진 이미지로 그려진다.

프랑스에서는 집시들을 보헤미안이라 부르기도 하는데 체코의 보헤미아 지방에 유랑민족과 집시들이 많이 살기도 했고 보헤미아에서 유럽집시들이 퍼져 나왔다고 보기 때문에 보헤미안이라 부른다.

이탈리아의 작곡가 푸치니의 작품 「라보엠(La Boheme)」은 파리의 라틴 지구에 사는 가난한 네 명의 보헤미안 청년과 두 명의 여인들과의 사랑이야기를 그리고 있는데 네 명 모두 시인, 화가, 음악가, 철학자로 돈과는 상관없는 사람들이고 여인들도 순수하지만 웃음을 팔 수밖에 없는 캐릭터로 나온다. 사랑하다가 가난에 삶을 마감할 수밖에 없는 비극의 울림인데, 작품 무대가 파리의 뒷골목이고 크리스마스 이브에 시작되기 때문에 해마다 크리스마스 시즌이 되면 이 작품이 공연된다. 보헤미안 = 집시의 등식은 여기서는 순수하고 서정적이면서 비극을 동반한 계산 없는 사랑이다.

'처성자옥(妻城子獄)'이라는 말이 있다. 아내는 나를 가두는 성이요, 자식은 나를 가두는 감옥이라는 말이다. 처자(妻子)가 있는 사람은 가정생활에 얽매여 자유롭게 돌아다닐 수 없음을 이르는 말이다. 가정이 나에게 힘을 주는 근원일 수도 있지만 나를 옥죌 수도 있는 짐이 될 수도 있다. 책임감 때문에 항상 삶의 무게를 느끼며 사는 가장에게 집시의 방랑성 기질은 때로는 로망으로 다가올 수도 있다.

여성들의 경우도 마찬가지다. 항상 가정에 얽매여 희생을 강요당하던 중세와 근세에 아예 제도권 생활은 접고 방랑하며 자유로이 지내는 삶은 한 번쯤 일탈을 꿈꾸는 사람들에게는 카타르시스를 줄 수 있는 삶이다.

독일에 광부로 갔던 사람이 있다. 다시 한국으로 오기가 여의치 않아 파리에서 걸인 비슷하게 버티고 있었는데 집시들과 친구가 되었다 한다. 구걸한 음식을 나누어 주고 구걸하는 방법, 간단한 악기 다루는 방법을 가르쳐 주어 아사를 면하고 한동안 식구처럼 잘 지냈다고 한다. 다시 한국으로 돌아올 기회가 생겨 본인은 그간의 정이 아쉬워 눈물도 보이고 어떻게 헤어지나 했었는데, 정작 집시들은 깊은 포옹 한 번으로 아주 쿨하고 깔끔하게 헤어졌다고 한다.

서양사회의 집시들은 이렇게 격정적 사랑과 정열의 아이콘, 절대 자유와 해방감을 주는 한 면과 구걸과 소매치기, 좀도둑질과 인신매매까지 하는 다른 면을 가지고 있다.

지금도 서구에 흩어져 있는 약 4백만 명의 집시들의 어떤 면을 볼지는 각자의 판단이지만 파리나 로마에서는 젊은 여인들이 웃으며 다가올 때는 호주머니를 조심해야 한다.

17

후구계획(河豚計畫, Blowfish Plan), 북만주에 세워질 뻔한 이스라엘

지금 중동에 버젓이 잘 있는 이스라엘이 북만주에 세워질 뻔했다니 이건 무슨 자다가 봉창 두드리는 얘기인가?

일본은 1895년 청일전쟁에서 승리하고 1905년에는 러시아를 물리치고 아시아의 맹주로 부상하기 시작한다. 러일전쟁에서 승리한 일본에 대해 여러 가지 분석이 일본과 러시아에서 존재하고 있다. 일본 해군의 감청 능력과 전략이 좋았다든가 러시아 해군이 당시 짜아르(Tsar, 러시아의 황제)에 대한 충성심이 없었다든가 등의 해석이다. 전쟁 전문가들의 분석 외에 내가 주목하는 것은 러일전쟁 시 일본 측 전비의 상당액을 미국에 있는 유대 자본가가 지원했다는 것이다.

1904년~1905년 사이 영국과 미국은 일본에 네 차례에 걸쳐 4억 1,000만 달러의 차관을 일본 정부에 공여하는데 이중 40%가 러시아와의 전쟁자금으로 쓰였다. 영국은 러시아와 유럽에서 대결하고 있었기 때문에 일본 편을 든 것이고 미국도 마찬가지로 러시아의 승리를 원하지 않기 때문이다. 미국과 영국은 전쟁불간섭을 선언했지만 사실상은 일본의 승리를 위한 국제정치를 해 주고 있었고 실제로 차관도 제공했다.

이런 공식 차관 외에 독일계 유대인 출신의 미국인 은행가 제이콥 시프(Jacob H. Schiff)는 쿤 로브 상사(Kuhn, Loeb & Co.)라는 회사를 운영하고 있었다. 그는 일본 정부에 거액의 투자를 제시하였고 이렇게 병참라인이 안정화 되자 일본의 도고 헤이하치로(東鄕平八郞) 사령관은 지구의 반을 돌아오는 러시아 발틱함대를 격파하고 로제스트벤스키(Rozhestvensky) 사령관을 포로로 잡을 수 있었다. 일부 역사가에 의하면 제이콥 시프가 걷어준 유대 자본이 러일전쟁 전비의 약 40%에 해당했다고 한다.

이때부터 일본은 유대인의 존재와 그 영향력을 알게 된 것 같다. 1905년 러일전쟁에서 승리한 일본은 여순과 대련을 점령하고 요동반도를 할양받아 관동주(關東州)를 만들고 철도회사를 부설해 나간다. 그리고 새로 만들어진 관동주와 남만주철도회사를 지키기 위해 1개 사단 규모로 출발한 부대가 후일 관동군이 된다. 관동군은 1931년 남만주철도가 폭파되고 부대가 습격을 받자 이것이 중국의 소행이라며 전격적으로 군사행동을 개시한다.

쉽게 북만주를 장악한 후 1932년 청나라의 마지막 황제였던 부의

(溥儀)를 명목상의 황제로 앉히고 만주국이라는 나라를 만들어 낸다. 부의의 만주국을 실질적으로 통치한 것은 일본 관동군이고 이름만 철도회사이지 동인도회사나 척식회사와 같이 남만주 철도회사는 만주에 대한 식민지 경영을 실시한다.

그런데 만주에 새로운 자본과 투자가 필요해진다.

만주국을 실질적으로 운영하는 관동군은 일본 육군 소속이다. 당시 일본 육군은 일본 대본영을 거쳐 바로 일본 천황을 통해 군령을 하달 받는 구조였다. 즉 당시 일본의 국방대신은 일본군에 대한 명령권(군령권)이 없고 천황이 일본 대본영을 통해 명령을 내리고 있었다. 일본 대본영과 관동군의 관계가 애매했는데 대본영은 당연히 관동군을 통제한다고 보았다.

반면 관동군은 일본법은 일본 본토 내에서만 통하고 자신들은 만주국에 주둔하니 관동군과 일본 대본영이 동급이라고 생각하며 천황과 직접 명령통로를 가지고 있다고 보았다. (731 생체 실험부대도 마루타를 구하기 쉬운 점과 대본영과의 관계 등을 이유로 만주에 있었던 것이라 여겨진다.)

그러다 보니 관동군은 일단 저지르고 사후 보고하는 일이 많았고, 중국과 러시아에 덤터기를 씌우기도 하였다. 여기에 일본의 재벌이 군과 결탁해 있었다. 그들은 러일전쟁 때 자금을 댄 제이콥 시프를 떠올렸고 마침 독일에서 유대인 핍박이 일어나면서 유대민족도 새로운 가나안을 찾고 있던 중이었다.

만주에 진출한 닛산 콘체른의 대표 아이가와 요시스케(鮎川義介),

육군대좌 야스에 노리히로(安江仙弘), 해군대좌 이누즈카 코레시게(犬塚惟重)가 실무를 맡는다. 이들은 제정 러시아 니콜라이 2세의 학살을 피해 하얼빈으로 이주, 정착한 유대인들과 우호적이고 밀착적인 정책을 펴나가면서 일본 본국에는 만주에 유대인 국가 설립을 추진하는 정책을 보고한다.

아이가와는 1934년 「독일계 유대인 5만 명의 만주 이주 계획에 대해」라는 제목의 논문을 통해 이들 그룹의 계획을 최초로 발표했다. 이 논문에서 그는 5만 명의 독일계 유대인을 만주에 받아들임과 동시에 유대계 미국 자본을 유치함으로써, 만주개발을 촉진하고 만주를 소련에 대한 방벽으로 삼는 구상을 입안했다. 유력 유대인을 이용하여 「미 대통령 및 그 측근의 극동아시아정책을 일본제국에 유리한 쪽으로 전환시키는 방법에 대하여」라는 긴 제목을 가진 계획서가 그것이다.

결국 1938년 동경에서는 일본 수상 고노에 후미마로(近衛文磨), 육군대신 이다가키 세이시로(板垣征四郎), 외무대신 아리타 하치로(有田八郎), 해군대신 요나이 미츠마사(米內光政), 대장대신 겸 통상산업대신 이케다 시게아키(志田成彬)가 한 자리에 모인 5상회의가 개최되어 만주 내 유대인 국가 건설에 대해 논의했다. 이후 아이가와가 제출한 논문을 바탕으로 1939년 「유대 자본도입에 관한 연구와 분석」이라고 보고서로 일본 정부의 승인을 받는다.

그러면 이 계획을 왜 후구계획이라고 부를까? 후구(河豚, Blowfish)는 복어를 뜻하는 일본어이다. 알다시피 복어는 맛이 있지만 독이 있다. 잘못 먹으면 죽을 수 있다는 것이다.

이누즈카 코레시게는 이를 알고 있었던 것이다.

> "유대인은 복어와 같다. 신선하지만 독극물을 품고 있다. 잘 요리해
> 야지 배부르게 먹을 수 있지, 조금만 잘못하면 죽을 수도 있다. 알
> 려진 바에 의하면 유대인들은 음험하고 교활하며, 세계를 탈취할
> 음모를 꾸미고 있다고 하니, 일본인들은 조심해야 한다."

유대 자본을 끌어들여 만주를 경영하고 이들을 통해 미국을 친일본화 시켜 일본의 대륙 진출과 아시아에 대한 통치권을 미국으로부터 인정받고 싶지만, 만만찮은 유대인들에게 만주를 주고 국가를 설립해 주고 난 다음에는 도로 유대인들에게 잡아먹히지 않을까를 염려하여 친구들에 남긴 말이다.

조선은 아직 깨어나지도 못하고 있던 시절 우리는 전혀 모르고 배제된 채 이런 일들이 진행되었다는 사실이 놀랍지 않은가?

1930년대 후반 일본과 독일이 동맹을 맺고 급속도로 가까워지자 복어계획은 휴지조각이 됐다. 오히려 유대인을 탄압하고 만주와 상해에서 유대재산을 몰수하는 상황까지 갔다. 1941년 일본이 대동아 공영권을 내걸고 태평양전쟁을 유발한 후에는 독일 비밀경찰인 게슈타포가 상하이에 도착해 유대인 학살을 준비하기도 했다.

1945년 패전이 임박한 상황에서 일본은 미국과의 휴전을 위해 복어계획을 다시 꺼낸다. 미국은 이를 거부했고, 유대민족 내에서 주도적인 세력으로 성장한 미국 유대인들도 이를 원하지 않았다. 이스라엘이 중동에 건국될 준비를 거의 마쳐가는 중이었기에 만주에 집작할 필요도 없었다. 더욱이 하얼빈으로 진공한 소련군은 복어계획에 동조한 유대인 지도자들을 체포, 압송, 투옥해 버렸다.

극동 유대인평의회의 의장이었고 일본 측의 유대인 대화창구로 공로를 인정받아 천황의 제국훈장까지 수여 받았던 아브라함 카우프만(A. Kaufman)은 1945년 소련군이 하얼빈에 진주할 때, 소련으로 압송되고 수용소를 전전하다가 1961년에야 이스라엘로 이민이 허용된다. 후구계획의 일본 측 핵심이던 야스에 노리히로와 그의 상관으로 하얼빈 특무부대장이던 육군 소장 히구치 기이치로(樋口季一郎)는 2차 세계대전 후 전범재판을 피한다. 그리고 이스라엘에서 건국 공로자로 인정돼 황금의 비에 〈위대한 인도주의자 장군, 히구치〉라는 이름으로 각인되어 있다고 한다. (나는 아직 이스라엘은 가보지 못했는데 가면 꼭 확인해 보고 싶은 버킷리스트 1호이다.)

참으로 놀라운 일이 아닌가?

만주나 극동 지역에 아시아의 이스라엘은 사라져 버렸지만 흔적이 하나 남아 있다. 러시아 극동 지역 아무르 강 근처에 비로비

러시아 내 유대인 자치주와 주청 소재지 비로비잔의 위치. 1934년 스탈린이 유대인들에게 자치주를 만들어 준다고 약속하여 한때 번화했던 지역이다. 현 이스라엘 면적의 1.5배나 되는 지역이고, 본래 살던 말갈족을 쫓아내고 조성한 도시이다. 일본이 생각한 유대 자치구는 정확히 어디였을까?

잔(Birobidzhan)이라는 도시를 중심으로 유대인 자치구가 있다. 면적 36,000㎢에 1948년에는 유대인이 3만 명까지 정주한 적이 있다. 지금은 1,500여 명 정도가 살며 시나고그를 중심으로 자신들의 정체성과 문화를 겨우 보존하고 있다고 한다. 만약 후구계획이 계획대로 실행되었다면 비로비잔도 하나의 후보지였을 수도 있었을 것 같다.

그랬다면 한반도의 역사는 어떻게 진행되었을까? 역사에 가정은 없다지만 너무나 궁금한 일이다.

용을 죽이는
미카엘 천사

서구 역사는 기독교의 역사다. 우리가 쓰는 기원전과 기원후를 뜻하는 'B.C.'와 'A.D.'는 다 예수 그리스도의 탄생 전후를 뜻하는 말이다.

'B.C.'는 'Before Christ'의 약자로 예수가 태어나기 이전 연도를 표시하는 것이고 이것을 한자어로 "기원전"이라고 번역한 것이다. 'A.D.'는 'Anno Domini'라는 라틴어를 줄인 것인데 '신의 나이'를 뜻하고 "기원후"를 표현하는 용어이다. 지금은 2019년이고 정확히는 A.D. 2019년인데 예수 탄생 이후 2019년차를 뜻하니 서구 역사에 예수가 얼마나 큰 존재인가 알 수 있다.

당시 서구인은 식량난과 전쟁에 시달리며 하루하루 버텨가는 생활이어서 예수 탄생 이전의 역사는 큰 관심이 없었는데 A.D. 6세기 정도에 접어들면서 예수 이전의 역사에 대해서도 관심이 증가하기 시작했다. 당시에 공식문서는 주로 라틴어로 쓰였지만 새로 만들어내는 예수 이전이라는 개념은 라틴어로 쓰기가 어려워졌다. 이미 영어가 퍼지고 있었다. 독일어와 프랑스어를 배워본 사람은 영어가 두 언어에 비해 얼마나 배우기 쉬운 언어인지 감이 온다.

물론 동양인인 우리가 자유로이 쓰기에는 영어도 쉽지 않지만 형용사마저 남성형, 여성형, 중성으로 나뉘어 변하는 프랑스어에 비해 보면 영어는 무척이나 쉬운 언어다. 러시아어는 프랑스어의 4배 정도 많이 변한다고 한다. 또 영어는 언어의 특성상 외래어를 영어에 그대로 받아들이는 특성이 있다. 영어 단어의 어원을 추적하면 라틴어, 프랑스어, 독일어가 원조인 것들이 꽤 많은데 그만큼 영어는 다른 언어들을 쉽게 받아들였다.

그래서 예수 이전이라는 말을 표현할 때는 라틴어 대신 Before Christ라는 영어가 자연스럽게 쓰이게 된 것이다. 기독교 공인 이후 14~16세기 르네상스까지 유럽인의 모든 삶을 통제한 기독교는 정치와 사상도 통제했지만 예술 작품에도 지대한 흔적을 남기고 있다. 성서의 내용을 그림과 조각에 기록했기 때문에 유럽문화에 대한 이해는 사실 기독교에 대한 기본 이해가 없으면 참으로 어렵다.

내가 살았던 파리에는 많은 박물관이 있는데 「용을 죽이는 미카엘 대천사」라는 그림을 여러 군데서 보았다. 간혹 조금 규모가 있는 카페에서는 용을 창으로 찔러 죽이는 미카엘 대천사가 조각되어 있는 것을 간혹 볼 수 있다. 스페인에도 이런 조각이 있고 북유럽에도 간혹 눈에 띈다. 용을 신비의 동물로 교육받고 느껴온 나로서는 참 이해가 가지 않는 대목이다.

왜 천사가 그것도 대천사가 용(Dragon)을 찔러 죽일까?

먼저 동양 사회에서의 용(龍)을 보자. 동양에서의 용은 신성한 영물이자 황제를 상징한다. 바다에 사는 용왕은 바다를 다스릴뿐더러 불법(佛法)을 수호한다. 천상계에서는 우주의 질서를 수호하는 존재이다. 용꿈은 우리에게 최고의 길몽이고 그래서 이름에 '용' 자가 들어가는 경우도 많다. 『춘향전』의 이몽룡은 모친이 꿈에 용을 봤다고 하여 '몽룡(夢龍)'이라고 이름을 붙였다. 나중에 과거급제하여 부귀영화를 누리라는 작명이다. "개천에서 용 났다"는 것도 비슷한 표현이다. 풍수지리에서도 '좌청룡(左靑龍) 우백호(右白虎)'로 명당의 주신을 보좌하는 최고의 존재이다.

중국에서 용은 천자(天子)를 상징한다. 중국의 황제는 하늘의 아들이라 하여 천자라 불린다. 용 중에서도 발톱이 다섯 개인 용이 중국 천자의 상징이다. 여기에 황제가 입는 옷인 용포에는 황금빛 노란색을 사용한다. 발톱이 네 개인 용은 중국의 변방제후를 상징한다. 이 제후인 왕들은 푸른색을 띠는 곤룡포를 입을 수는 있으나 노란색 황룡포를 입지는 못한다. 이들이 만일 황룡포를 입고 거기에 용의 발톱이 다섯 개가 그려져 있을 경우 반역죄가 될 수 있다. 반역죄는 3족을 넘어 9족을 멸했다.

고려 왕건은 자신이 동해바다 용의 후예라고 백성들에게 알려 왕가의 위엄과 정통성을 세우려 했다. 태조 이성계가 고려를 멸망시키고 조선을 세우려 할 때 먼저 고려왕실의 정통성을 무너뜨리려 했다. 우왕, 창왕은 왕씨의 후예가 아니라 신돈의 씨라고 폐가입진론(廢假立眞論, 가짜를 몰아내고 진짜를 내세운다)을 내세우며 처형하려 할 때 창왕이 겨드랑이를 들어 퇴화된 용 비늘의 흔적을 보이고 왕씨라고 주장했다는 야사(野史)가 있다. 고려와 조선 둘 다 용의 기운을 빌어야 정통성을 유지할 수 있었다는 것이다.

개국 초기에 여진족이라는 의심을 받았던 태조 이성계와 후예는 나중에 「용비어천가」를 짓는다. 그 첫 구절이 "해동 육룡이 나르샤…"이다. 조선의 왕들도 발톱이 다섯 개 그려진 황룡포를 입은 적은 없다고 알고 있다. 고종이 대한제국 선포 후 갑자기 발톱을 일곱 개나 그린 용이 등장하기는 하지만.

그런데 용이 중세 서구 사회에서는 사탄의 화신이거나 이단의 상징으로 받아들여졌다. 간혹 공주를 납치해가고 사람을 제물로 요구하는 절대악(絶對惡)으로 등장한다. 영어 Dragon이 라틴어에서는 Draco가 되는데 액션영화 악당들 이름이 간혹 드라코(Draco)인 경우가 많다. 성경의 창세기에 사탄은 뱀의 형상으로 나타나 이브를 유혹한다. 하나님이 금지한 이 사과를 먹으면 너도 하나님처럼 된다는 말에 이브가 넘어가고 아담까지 넘어가 에덴동산에서 쫓겨나게 되는 게 기독교에서 말하는 원죄의 시작이다. 그리고 그 악마 사탄은 뱀의 형상이었는데 드래곤이 뱀의 형상을 닮았다. 음습한 동굴에 살며 검은 모습으로 새도 아니고 쥐도 아닌 박쥐날개 비슷한 날개를 드래곤도 가지고 있다. 물리쳐야 될 대상이 된 것이다.

천사는 기독교에서 중요한 역할을 하고 이슬람교에서도 중요한 역할을 한다. 초기 기독교에서는 교파에 따라 천사를 인정하지 않는 종파도 있었으나 이단시 되고, 지금의 기독교에서는 대충 크게 3등급의 천사가 있고, 3등급이 세부적으로 나뉘어지면 9등급의 천사등급으로 나뉘어진다. 천사도 반열이 있는 것이다.

이 천사들의 최고 우두머리 천사인 천사장(Archangel)이 미카엘(Michael) 대천사이다. 천사장이었던 루시퍼(Lucifer)가 하나님께 반역하였을 때 맞서 싸운 최고의 천사가 미카엘 대천사이다. 당시 루시퍼는 용의 형상으로 싸웠고 미카엘 대천사는 창으로 찔러 죽인다. 이후 루시퍼는 땅속 지옥으로 들어가 악마(Satan)가 되어 호시탐탐 기회를 노린다.

용을 죽이는 미카엘 대천사. 사탄인 뱀들의 대장이 용이다.
파리나 유럽 도시의 카페 입구에 이런 식의 조각상이 장식되어 있는 경우도 많다.

　야만이 빚어낸 최고의 문화상품

그래서 서양 이름에는 미카엘이라는 남자 이름이 많다. 미카엘이 미국으로 건너가 마이클이 되고, 여자 이름이 되면 '미카엘라' 또는 '미쉘'이 되는 것이다. 우리가 또 알고 넘어가야 할 대천사 중에 가브리엘 (Gabriel) 있다. 가브리엘 대천사가 이스라엘 나사렛 마을에 나타나 성모 마리아에게 말한다.

"이제 아기를 가져 아들을 낳을 터이니 이름을 예수라 하라. 그 아기는 위대한 분이 되어 지극히 높으신 하나님의 아들이라 불릴 것이다."

그래서 서구의 명화 중에 성모 마리아에게 다가가 무엇인가 전하는 천사는 다 가브리엘 대천사이다. 우리나라 말로는 잉태 사실을 고지한 천사라 하여 「수태고지(受胎告知)」라는 그림 설명이 붙어 있다.

이 가브리엘 대천사는 이슬람교에도 나타난다. 마호메트에게 「코란」을 전한 천사로 알려져 있다. 모친에게 전혀 산통의 고통 없이 태어난 마호메트는 태어나자마자 천상을 향해 외쳤다고 한다.

"신은 위대하다! 신 외에 신 없으니, 나야말로 신의 예언자이다."

마호메트가 아장아장 걸을 무렵 대천사 가브리엘이 와서 무하마드

가브리엘 대천사가 성모 마리아 잉태 사실을 전하고 있다.
중세 성화에서 가장 유명한 그림이 아닐까 한다. 「수태고지」라는 한자식 제목으로 많이 알려져 있다.
프라 안젤리코(Fra Angelico) 作, 15세기, 이탈리아 피렌체 산 마르코 수도원 소재.

—
라파엘로(Raffaello)가 그린 시스티나의 성모(The Sistine Madonna)에 등장하는 아기 천사.
1513년, 드레스덴 미술관.

의 어깨를 절개하고 심장을 꺼냈다고 한다. 에덴동산의 아담 이래 전 인류의 마음에 있는 원죄의 검은 물방울을 씻어낸 후 다시 심장을 몸에다 돌려놓았다. 그래서 이슬람교에서는 전 인류 가운데 마호메트만이 원죄를 지지 않은 인간이 되었다고 주장한다. 마호메트가 40살 경부터 동굴에서 명상을 할 때 나타나 신의 말을 전해 준 천사도 가브리엘이고 이때의 말을 기록한 것이 「코란」이라 한다.

설명은 줄이지만, 마지막 대천사로 라파엘(Raphael)이 있다. 치유의 대천사로 알려져 있다. 페더러와 세계 1, 2위를 다투는 나달의 본 이름이 라파엘 나달이다. 여성형으로 라파엘라를 쓰는 여성도 꽤 많은데 미카엘, 가브리엘, 라파엘의 세 천사는 성경에 나오는 대천사들이다.

성화에는 스토리가 있는 미카엘 대천사와 가브리엘 대천사가 주로 나온다. 정통 신학이라고 볼 수는 없지만 천사들의 품계는 모두 9개 등급이라고 알려져 있다. 중세 성화의 상당수에는 천사가 등장하여 성서의 이야기를 전하고 있다.

그러면 동양에서의 상서로운 동물, 용을 대체하는 전설의 동물은 서양에서는 무엇일까? 스코틀랜드 왕가의 문장에도 나오는 유니콘(Unicorn)이다. 하얀 말의 몸에 코앞에 뿔이 하나라 해서 Uni + Corn 인 동물이다. 성경에 나오는 동물은 아닌데 민간에서 전승되었다. 지성이 번득이는 눈에 힘의 대부분이 뿔에서 나오는데 이 뿔을 먹으면 온갖 독도 막을 수 있고 질병에도 걸리지 않는 신비로운 영물로 서구 문화에 등장한다. 실제 중세 유럽에서는 코뿔소의 뿔을 갈거나 일각 고래의 뿔을 간 다음 동방에서 온 유니콘의 뿔이라고 고가에 속여 파는 경우도 많았다 한다.

지금도 서구나 미국에서는 기업가치 10억 달러(약 1조 원) 이상인 비상장 스타트업 기업은 유니콘 기업이라고 한다. 상장하기도 전에 기업가치가 1조 원이 된다는 것은 상장 후에 어떻게 될지 모르기 때문에 마치 유니콘과 같은 존재라는 의미에서 2013년부터 사용하기 시작한 용어이다. 동양에서는 용, 서양에서는 유니콘!

유다는 노란색,
예수는 빨간색

서양 세계에서 가장 부정적인 이미지로 묘사되는 사람이 누구일까? 이스라엘 가리옷 지역 출신 유다(Judas)일 것이다. 성경에 많이 등장하는 신심 있는 유다와 구별하여 가리옷 유다라 불리는 예수 열두 제자의 한 사람이었는데, 유다는 예수를 로마 관헌에 팔아넘긴다. 그 대가로 은화 30냥을 받았는데, 이는 당시에 노예들이 황소에 받혀 죽거나 사고사 하면 주인에게 주는 보상금의 액수였다고 한다.

유다는 날씨가 어두워져 로마 관헌이 예수를 알아보기 힘들자 몸소 예수에게 다가가 입맞춤을 해서 예수를 밀고하고 체포되게 하는데 1등공신의 역할을 한다. '인간의 몸으로 태어나 신이 된 예수를 배반한 자' 그리고 '은화 30냥' '유다 같은 놈!'이라는 말은 서구 사회에서는 최고의 모욕적인 표현이다.

이를 소재로 한 성화는 대단히 많이 있는데, 공통적인 특징은 유다는 그림에서 노란색 옷을 입고 있다. 이는 성화에서는 노란색이 부정적인 의미를 나타내기 때문에 유다가 입은 옷은 노란색으로 그리는 것이다. 이는 동양의 색채관하고도 완전히 다르다. 동양에서는 노란색이 목, 화, 토, 금, 수의 5행중에서 토(土)를 뜻하고 토(土)는 중앙에 있어 중국의 황제를 상징하는 색깔이기 때문이다.

그런데 서구의 성화에서는 왜 노란색을 부정적인 것으로 볼까?

중세시대 들판의 꽃들은 노란색이 많았다. 그런데 그 꽃을 꺾어 놓으면 금방 시들고 그냥 놔둔대도 사철을 지내는 꽃은 거의 없다. 화무십일홍(花無十日紅), 10일 이상 붉은 꽃은 거의 없는 법이다. 그래서 꺾어서 바구니에 담은 꽃 또는 들판의 꽃은 지금은 화려하지만 신 앞에서는 덧없이 스러져가는 허무를 뜻하는 색이 되었다. 유다가 지금은 은화 30냥을 받아 돈을 번 것처럼 보일지 모르나, 곧 사라질 돈이고 그 뒤에는 허무와 배반에 대한 자책감만 생길 것이라는 의미를 내포하고 있다.

그러면 예수나 성모 마리아를 뜻하는 색은 따로 있는가?

빨간색 옷을 입은 여인은 거의 성모 마리아이다. 십자가에 못 박힌 예수의 옆구리에 로마 장교가 창을 찌른다. 거기서 나온 피는 붉은 성혈(聖血)이다. 신성하고 고귀한 색깔이 된다. 여기에 하늘을 뜻하는 파란색이 곁들여진다. 그래서 성화 속의 성모 마리아는 붉은색 옷 위에

—

지오토 본도네(Giotto Bondone)가 1306년경 그린 「유다의 키스」.
노란색 옷을 입은 유다가 예수를 로마 관헌에 알려주기 위해 예수에 키스하고 있다.

야만이 빚어낸 최고의 문화상품

—

베첼리오 티치아노(Vecellio Tiziano)가 1530년경 그린
「성모자와 성 카타리나」, 루브르 박물관.

왼쪽은 순교한 성인 카타리나가 그녀의 상징물인 못 박힌 수레바퀴에 무릎을 얹고 성모자와
함께 초원에 나와 있다. 토끼를 '순백과 겸손함을 상징하는 마리아'라 해석하는 분을 만난 적
이 있는데 최종 해석은 독자의 판단에 맡긴다. 여러 분야의 문화 예술적 섭생 후 최종 해석은
독자들이 내려보는 재미를 가졌으면 한다.

푸른색 옷을 걸치고 있는 표현이 많다. 마리아가 아니더라노 최소한 최대로 고귀한 신분은 빨간색과 청색으로 표현하는 것이다.

성모 마리아가 간혹 토끼를 잡고 있는 경우도 있는데 이는 음욕(淫慾)을 제어하라는 의미이다. 토끼는 생물학적으로 볼 때 성교 시간이 제일 짧은 동물로 유명한데 평균 5초 이내이다. 그런데 새끼는 제일 많이 낳는 편이다. 그래서 성모 마리아가 토끼를 잡고 있는 것이 사실은 토끼를 짓누르고 있는 것이다. 보통의 여인 옆에 토끼를 그린 그림은 세속의 쾌락을 멀리하고 신을 받드는 삶을 살라는 성화 속의 가르침이다.

성인 잡지로 유명한 『Play boy』라는 잡지의 마스코트가 무엇인가? 토끼 분장을 하고 나오는 바니 걸(bunny girl)들이다. 무슨 이미지를 풍길까?

동양에서 달나라의 옥토끼가 보여주는 풍요와 다산 속의 귀엽고 낭만적인 이미지와는 전혀 다른 토끼가 서양의 토끼다.

서양 명화 중에 해골이 등장하는 그림들이 간혹 있다. 성화에 등장하기도 하고, 멋진 옷을 입은 남녀에 화려한 장신구를 하고 우아한 카펫과 테이블이 있지만 옆에 해골이 등장한다. 도대체 왜 엽기적인 그림이 성화 속에 자주 보일까?

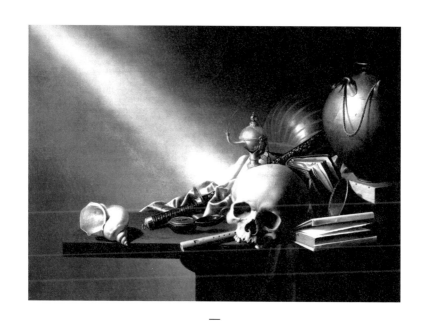

하르만 스틴비크(Harman Steenwyck),
「정물-바니타스의 알레고리」, 1640년, 런던 내셔널갤러리

놀래라! 명화속에 웬 해골이!

바니타스(Vanitas)라는 그림이다. 바니타스는 라틴어로 '허무' '거짓'
'공허' 정도로 번역되는 말이다. 영어 Vanity(헛됨, 무의미)의 어원이다.

"당신이 지금은 돈도 많고 권세도 무한대로 누릴 것 다 누리며 고
대광실에서 살지만, 세월이 조금 흐르면 땅으로 돌아가 저 해골바

가지 모양으로 있을 것이다. 그러니 세속의 아름다움이나 화려함, 부귀와 권세, 명예는 조금 지나면 사라지는 허무한 것이니 항상 신을 공경하고 섬겨라. 금욕적으로 똑바로 살아라."

　이런 메시지로 그린 그림인데 재미있게도 17세기 네덜란드 귀족들이 많이 선호했다는 것이다. 자신들의 이런 부귀가 언제 사라질지 모르는 불안감도 작용을 했다고 한다. 이런 문화적 경향 속에 어떤 명화에는 아예 "누구나 죽는다는 사실을 잊지 말라(Memento mori)"라는 라틴어가 들어가 있는 그림들도 있다.

　해골을 그린 화가는 해부학 전공자가 화가로 전향해서 해골을 그린 것이 절대 아니다.

3만 명의 대만인이 희생된 후 집권한
장제스 정권(2·28사건)

20

우리나라 옆에 있는 대만은 본래 중국 본토 사람이 아닌 대만 사람이 살고 있던 곳이다. 포르투갈이 대항해를 시작하면서 서구에 알려져 포르투갈어로 아름다운 섬이라는 포르모사(Formosa)라고 명명하기도 하였지만, 왜구의 중간 기지이기도 했고 네덜란드·스페인 등 열강의 침략을 받다가 최종적으로는 청나라에 귀속된다.

1895년 청나라가 청일전쟁에서 패배하면서 시모노세키 조약(下關條約)을 체결하여 일본에 대만을 넘긴다. 이후 일제는 조선총독부와 유사한 대만총독부를 설치하여 51년간 대만을 식민 지배했다.

1945년 일제가 대동아전쟁에서 패망하자, 대만 주둔 일본군은 중화민국 국민혁명군에 정식으로 항복하였고, 대만은 중화민국의 영토로 완전히 복귀되었다. 그런데 중화민국은 대만 주민들의 요구를 수

용하여 제대로 통치한 것이 아니라 일제(日帝)가 대만을 식민통치한 것
보다 훨씬 가혹하게 통치했다.

대만에는 본래부터 대만에 살던 원주민인 본성인(本省人)이 있었는
데 1945년 일제 패망 후 대만을 접수한 중국 대륙에서 장제스의 국민
당 계열 외성인(外省人)들이 대만으로 이주해 들어왔다. 인구수로는 대
만인, 즉 본성인(本省人)들이 압도적으로 많았지만 정치, 군사, 관료사
회의 요직은 장제스(蔣介石)를 위시한 외성인들이 대부분 차지했다.

월급도 대만인들은 외성인의 50% 정도를 받았는데, 일본의 식민
통치시대에도 대만인은 월급을 일본인의 60%를 받았다. 이런 상황이
면 대만인들은 과거 일본을 지지할까? 아니면 장제스(蔣介石)의 국민
당 정부를 지지할까?

또 패퇴한 일본이 물러간 과거 일본인 소유 가옥들(敵産)을 국민당
사람들이 대부분 차지하면서 대만인과 중국 본토 출신 사이에 거주
지도 나뉘게 되었다. 이런 현상은 국공 내전 막바지에 대만으로 옮겨
온 약 60만 명의 국민당 하층계급 군인들이 도심 주변에 거주하게 되
면서 더욱 심화되었다.

1947년 2월 27일 밤, 타이베이시 위엔환(圓環) 빌딩 안의 복도에서
정부의 전매품(專賣品)인 담배를 노점에서 팔던 린쟝마이(林江邁)라는
노파가 무허가 단속에 걸렸다. 본토 출신 단속요원과 경찰이 담배를
팔던 노파를 총 개머리판으로 머리를 때리며 심한 구타를 가하자, 주
변에 있던 대만인들이 항의하면서 충돌이 일어났다.

본토 출신 외성인 경찰이 대만인 시민을 폭행했다는 소문은 삽시간에 퍼졌고, 착취에 신음하던 대만군중의 규모는 점점 커졌다. 이들은 경찰서로 몰려가 시위를 벌였다. 경찰은 시위대에 발포하였고, 천원시(陳文溪)라는 학생이 총에 맞아 사망하면서 사태는 걷잡을 수 없이 커졌다.

다음 날인 2월 28일 분노한 군중들이 관청으로 몰려가 해당 공무원의 처벌을 요구하였지만 경찰은 오히려 계엄령을 선포하고 강경진압에 나섰다. 군과 경찰은 시위대를 향해 기관총을 발사했고 수많은 사상자가 발생하였다. 사태는 더욱 심각하게 전개되어 대만인 시위대는 방송국을 점거하고 무기를 탈취하여 정부군과 전면전을 전개하였다.

시위가 전국으로 확대되자 중국 본토에서 증파된 국민당 군대는 대만에 상륙하여 잔인하게 진압하였다. 시위 주동자를 색출하여 체포하였고 많은 시민들이 살해되었는데, 10일 동안 유혈진압이 진행되면서 약 3만 명이 사망했다고 알려진다.

국민당이 언론을 통제하여 2·28 사건은 숨겨진 사건이 되었으며 이를 거론하는 것은 금기시 되었다. 중국 본토에서 모택동이 이끄는 공산당과의 전쟁(국공내전 國共內戰)에서 패배한 국민당이 대만으로 옮겨왔으며(1949년), 대만인에 대한 이들의 차별과 탄압은 더욱 가속화되었다. 국민당은 대만을 완전 점령하고 통치하면서 필요시 대만인을 공산당과 친일파로 체포하는 경우도 많았다. 이때 발포된 계엄령은 38년간 유지되다가 1987년에야 해제된다.

—

2·28 기록 사진과 판화

　야만이 빚어낸 최고의 문화상품

그래서 대만인은 사실 중국 본토인들을 별로 좋아하지 않는다. 화교들도 중국 본토 출신들과 대만 출신 화교들은 서로가 약간 껄끄러워 하는 경향이 있다. 대만은 장제스 총통 이후 그의 아들인 장경국(蔣經國, 1910~1988) 총통이 종신토록 집권했고 3대로의 세습은 일어나지 않았다.

최근에는 선거를 통해 대만 출신이 총통으로 선출되면서 2·28 사건도 거론되고 기념비도 세워졌지만 아직까지 대만 사회의 주류 계층은 본토 출신 중국인들이다. 그리고 대만인의 기본 정서는 일본식민지 시절이 그렇게 나쁘지 않았다고 생각하고 있는 것 같다.

중소기업만 발달할 수밖에 없었던 대만,
재벌을 키운 한국

그러면 장제스(蔣介石)의 국민당 군대가 대만인 약 3만 명을 희생시킨 2·28 사건은 대만에 어떤 영향을 미쳤을까?

중국 본토 출신들이 먼저 군(軍), 관(官), 정계(政界)를 장악한다. 대만이 1987년까지 계엄상황이었으니 공권력이 민간을 압도하는 상황이 38년간 지속된 것이다. 국가 기간 시설도 국유화되고 은행도 당연히 정부에 예속되어 국민당과 인연 있는 기업이 아니면 크게 도움을 받지 못한다. 대만인의 기업이 커져서 세계적인 기업으로 성장한다는 것을 중국 본토 출신들이 원하지 않았던 것이다. 다시 2·28과 같은 대규모 소요사태가 일어난다면 경제력으로 무장한 대만 토착민들을 제압할 수 있을까?

그나마 있던 대기업들도 대부분 국영기업으로 바뀌고, 대만 출신들은 주로 가족 단위의 자영업에 종사하거나 소상공인이 되어 생계를 유지했다. 이 소상공업이 중소기업 위주로 크기 시작했다. 은행이나 정부의 지원은 애초 기대하지도 않고 장사수완과 기술력을 바탕으로 어느 정도 자본주의적 체제를 갖추기 시작한 것이다. 그래서 대만기업의 특징은 가족 중심의 기술력 좋은 중소기업인 강소기업(强小企業)으로 특징지어진다.

이것이 발전하여 지금은 미국회사의 하청기업으로 규모를 키운 TSMC(Taiwan Semiconductor Manufacturing Company, 대만반도체 주식회사) 같은 기업들도 여럿 있고, 우리나라 동양증권과 한신저축은행을 인수하여 만들어진 유안타증권 같은 회사도 나타났다.

한국 자본주의는 시작이 조금 달랐다. 일제의 지배는 경부선을 축으로 일어났다. 부산에서부터 경성(서울)을 거쳐 신의주로 달리는 열차를 깔아 만주로 진출할 수 있는 철도를 건설하는 것부터 시작됐다. 그 이후 지역에 맞는 산업이 일어났는데 호남 쪽은 평야가 많으니 미곡을 재배하는 쪽이었고, 북한 쪽은 만주로 진입하기 위한 중화학공업 위주로 개발을 진행했다.

일제가 태평양전쟁에서 무조건 항복했을 때 한반도의 모든 재산에 대해 소유권을 상실하게 되었는데, 이때 연고가 있는 사람들에게 일본 재산의 소유권을 인정해 주었다. 적의 재산인 적산(敵産)이 한국 자본주의의 초기 종자돈이 된 셈이다. 서울 문래동의 방직회사들, 밀가

루를 만드는 제분회사들, 총포사 등 역사가 오래된 기업 중 일본기업과 연고가 없는 회사들은 찾아보기 어려울 정도이다.

한국 기업은 5·16 이후부터 시작된 경제개발계획에 따라 성장하기 시작했다. 박정희 대통령은 경제개발계획을 군사작전하듯이 밀어붙였고, 이때 같이 협력한 기업은 대부분 재벌로 업그레이드되었다.

가난을 진저리나게 싫어했던 박정희 대통령은 경제개발 성공을 위해 균형성장 전략이 아닌 불균형성장 전략을 썼다. 자원이 한정되어 있으니 일단 한곳만 집중 육성해서 일으켜 놓고 나머지는 육성된 성장거점이나 기업에서 파생하여 발전시키면 된다는 알버트 허쉬만(A. Hirshman)의 불균형 성장전략을 국가발전 전략으로 삼은 것이다.

그러니 포항은 제철소를 지어 개발하고, 마산은 자유무역지역을 육성하고, 울산은 석유화학단지가 들어서는 식으로 지역거점을 잡아 육성하고 각 산업을 맡을 기업을 몇 개씩 선정했다. 똑똑한 기업을 소수로 몇 개만 선정해야 금융과 세금을 지원해서 확실히 키울 수 있다고 본 것이다. 삼성, 금성(LG), 효성, 현대, 한화, 대우, 선경(SK)이 정부와 같이 한국 자본주의를 이끌기 시작한다.

우리나라는 대만처럼 중국 본토 출신과 대만 출신이라는 차별도 없고 남미와 같은 크리오요(Criollo) 계층이 있지도 않았기 때문에 위의 몇 개 기업만 먼저 키우면 나머지 기업도 따라서 키울 수 있다고 생각했던 것이다.

내가 초등학교를 다니던 시절에는 초등학생들까지 1인 1통장 갖기

운동을 벌였고, 이렇게 모은 자본을 대기업에 몰빵으로 몰아줬다. 아예 대놓고 재벌을 육성한 것인데, 지금이라면 정경유착이라고 난리날 일들이지만, 그 당시는 '잘살아 보세'라는 구호 아래 홍수가 나면 논 주인보다 면사무소 직원이 먼저 뛰어나가던 시절이었으니 "싸우면서 일하고 일하면서 싸우자" "국산품을 애용하자" 같은 슬로건은 누구나 동감하는 것이었다.

지금은 어떠할까? 환경이 바뀌었다. 기업공개가 자기 회사를 뺏어 가는 것이라고 초기의 기업 오너들은 반발했었는데 지금은 상장(IPO)을 시키기 위해 편법을 동원하기까지 한다. 금융이 전 세계에 동시다발적으로 영향을 미치면서 우리나라도 새벽에 미국이나 유럽의 증시가 어떤지를 안 볼 수 없는 시절이 왔다. 재벌에 반감을 가지는 정서도 확대되고 있다.

과학기술 측면에서도 전 세계가 4차 산업이라는 지식혁명의 시대에 돌입했다. 1,000명의 평범한 사람보다 한 명의 천재가 나을 수 있는 시절이 온 것이다. 정부가 재벌을 유지시키는 것이 나을지 벤처를 육성하는 것이 나을지는 모른다.

각자가 처한 현실과 역사적 상황에 맞게 전략을 취하는 것이 정답이 아닐까?

화(和)를 어기는 자 목을 쳐라(일본)
내 말이 틀리면 이 도끼로 목을 쳐라(조선)

22

일본이 2차 세계대전 중 1941년 12월 7일 진주만을 공습한다. 이 기습공격 직후 미국, 영국, 네덜란드는 일본에 선전포고를 하고 전쟁에 돌입하는데, 미국이 보기에 일본은 참으로 불가사의한 국가이자 민족이었다. 최후 일격으로 일본으로 들어가는 석유 공급을 끊어버리자 돌아갈 것을 포기한 조종사가 비행기를 몰고 와 해군함정에 자폭해 버리는 것이다. 가미가제(神風) 돌격대. 지금의 IS 자살테러보다 더 무서운 충격 아니었을까?

미군이 사이판과 괌을 탈환하기 위하여 일본군과 전투를 치르고 있을 때 또 충격을 받는다. 막다른 벼랑에 몰려 항복을 하는 것이 서구적 마인드로 보면 분명한데도 일본도를 들고 돌진하는 병사, 할복하는 장군. 더 충격에 몰아넣은 것은 군인이 아닌 군속이나 그 가족들마저 "천황폐하, 만세!"를 외치고 절벽에서 뛰어 내렸다는 것이다. 자살을 죄악시하는 서구 기독교도의 눈으로는 도저히 이해할 수 없는 행동이었다.

태평양의 중요성을 알고 있는 미국은 여성 문화인류학자 루스 베네딕트(Ruth Benedict: 1887 1948)에 의뢰하여 평균적인 일본인의 행동과 사고 패턴을 탐구하였는데 이 보고서가 책으로 나온 것이『국화와 칼 (The Chrysanthemum and the Sword)』이라는 책이다. 일본을 한 번도 방문해 보지 않은 저자이지만 문헌과 전언에 기초해서 일본 문화의 특성을 '국화'와 '칼'이라는 두 가지 극단적인 상징으로 표현하고 있다. 아름다움을 사랑하고 예술가를 존경하며 국화를 가꾸는 데 신비로운 기술을 가진 국민인 동시에, 칼과 무사를 숭배하는 이율배반적일 수 있는 문화가 일본 문화라는 것이다. 그런데 이 양립하기 어려운 이중성이 일본의 경우 날줄과 씨줄처럼 조화롭게 얽혀 있다는 것이다.

그러나 이것만으로는 설명이 되지 않는다. 한자를 언어의 근간으로 사용하고 견당사(遣唐使), 견수사(遣隨使)를 보내 중국을 배우고자 노력했으며, 같은 한자문화권에 속해 있지만 우리나라와 달리 유학, 유교가 전혀 힘을 못 쓰는 나라 아닌가. 또 문명화된 국가에 신(神)은 왜 그리 많아 도처에 이를 기리는 신사들이 있는지.

내가 보기에는 일본을 이끄는 가장 중요한 문화는 '화(和)'라는 단어라고 본다.

일본은 사방이 바다로 막힌 섬나라이기 때문에 무슨 전란이라도 생기면 도망갈 데가 없다. 특히 지진이나 태풍 같은 대형 자연재해가 수시로 발생하는데 만약 지진 때 저 혼자 살겠다고 마음대로 행동하면 모두 망해버리는 결과가 발생할 수도 있다.

이러한 불행한 사태를 방지하기 위하여 일본 고대국가 시절 쇼토쿠(聖德) 태자가 604년에 제정한 일본의 최초 헌법 제1조에서 강조한 것이 '화(和)' 사상이다. 화(和)는 한자어 그대로 禾(벼·쌀·밥) + 口(입·사람·식구)로 밥을 같이 먹는 사람은 화목하게 먹어야 한다는 것이다. 식구란 말도 같이 식사를 하는 사람 아닌가.

이 화(和) 사상이 밥에서 출발하여 공동 우물로 넓어지고 마을 공동체로 확장하여 영주가 다스리는 지역으로까지 늘어난다. 모내기할 때도 같이 하고 추수도 같이 하고 지진이나 태풍이 나면 피해를 최소화하기 위해 각자가 맡은 바 소임을 다하며 피난도 줄을 서서 간다.

이 질서는 누가 만들었을까? 그것은 영주와 관백이라 불리는 사무라이 계급이었다. 조선 사회는 유학자인 선비가 만들었지만 일본은 칼을 차고 다니는 사무라이가 공동체의 질서를 정해왔던 것이다. 조선의 사대부는 공동체에 잘못이 있으면 일단 지적을 한다. 그리고 "자네 부친 함자가 어떠신가?" 하고 족보를 들먹였고, 일본 사무라이(관백) 계급은 단번에 칼이 나간다. 방치했다가는 더 큰 화가 공동체에 생길 수 있으니…

현대에 와서 칼은 함부로 휘두를 수 없으나 일본인은 민폐(迷惑, 메이와쿠)는 절대 끼치면 안 되는 것으로 가정과 학교, 사회에서 교육받고 있다. 지하철이나 공공장소에서 크게 떠들지 않고, 머물렀던 곳의 쓰레기를 모두 치우고 자리를 뜬다. 특히 2011년 동일본 대지진 당시 급박한 상황에서도 질서정연하게 줄을 서서 구호물자를 받아 전 세계를 놀라게 한 일본인들의 모습이 일본의 화(和)와 메이와쿠 의식을 잘 보여 준 사례다.

—

일본 최악의 지진(강도9)으로 후쿠시마에서 원전 사고가 터졌을 때 옆 센다이 지역에 이재민이 배급받으려 줄을 서 있는 모습.
물과 음식을 더 달라는 이재민의 요청에 당국은 현재의 행정력은 모두 생존자 구조를 위해 투입되어야 한다고 답하고, 이를 들은 이재민들은 조용히 줄을 섰다고 전해졌다(2011.3.14.).

화(和)를 너무 지키다 보니 집단주의 사상이 발전한다. 개인의 튀는 행동보다는 집단에서 정해진 규범과 철학을 그대로 따라가는 것이다. 그리고 거기에 일본의 국가종교인 신도(神道)가 들어가면 사회 전체가 일사불란하게 돌아가는 것이다. 크게 보면 천황의 명령이었고, 관백(사무라이)의 명령이었고, 현대에 와서는 일본 관료요 엘리트 군인들이 질서를 잡았다. 그 습성이 남아 해외에 나간 일본 관광객들은 가이드가 깃발만 들어도 딱 모이고 줄지어 질서 정연하게 관람한다.

그러나 조선은 달랐다. '지부상소(持斧上疏)'라는 것이 있었다. 말 그대로 도끼(斧)를 가지고 가서 올리는 상소이다. 내가 왕한테 상소를 하는데 내 말이 틀리면 내가 지참한 이 도끼로 내 목을 치라는 뜻이다. 얼마나 살벌한 상소인가. 네가 왕일지는 모르나 너나 나나 똑같이 공자(孔子)를 받들고 인륜과 충효를 논하는 선비로서 한 마디 하는데 "왕, 네가 잘못했다." 이 뜻이다. 우리나라 역사상 지부상소의 첫 사례는 유학이 들어오기 시작한 고려 말이다.

고려의 26대 충선왕은 자기 부친인 25대 충렬왕의 후궁(숙창원비 김씨)을 가까이했다. 신하들이 사실을 알면서도 왕의 권력 앞에 말을 못하고 있을 때 목숨을 걸고 극간에 나선 이가 우탁(禹倬, 1263~1342)이었다. 당시 감찰규정으로 있던 우탁은 왕이 아버지의 후궁과 관계를 한 것은 있을 수 없는 일이라며 흰색 상복을 입고, 거적을 둘둘 말아 어깨에 메고, 한 손엔 도끼를 들고 궁으로 들어가 상소를 올리고 엎드렸다.

"전하께서는 부왕이 총애하는 후궁을 숙비에 봉했는데, 이는 삼강오륜에도 맞지 않을뿐더러 종사에 전례가 없는 패륜이옵니다. 신하는 간언을 할 때 목숨을 건다고 했는데 오늘 소신에게 터럭만큼의 잘못이 있다면 신의 목을 치시옵소서."

그 명분과 기세에 눌린 왕이 결국 패륜의 행위를 중단했다는 기록이 남아 있다.

유교가 조선의 통치이념으로 되자 왕도 유학을 하는 사대부 중의한 명이라는 정치철학이 서인 중심으로 발달한다. 왕이 잘못하거나 반대파를 참소하는 상소가 빈발하기 시작하는 선조 때는 조헌(趙憲)이 다른 이유로 지부상소를 올린다. 조헌은 1591년(선조 24년) 일본의 도요토미 히데요시(豊臣秀吉)가 사신 겐소(玄蘇)를 보내어 '정명가도(征明假道)'를 요구했을 때, 충청도 옥천에서 상경해 궁궐 밖에서 일본 사신의목을 베라며 도끼상소를 올렸다.

고종 때는 최익현(崔益鉉)도 병자수호조약의 체결을 강요한 구로다 교타카(黑田淸隆)의 목을 벨 것을 고종에게 요구하는 지부상소를 올렸다. 도끼까지 들지는 않았지만, 영남에서 유학을 공부하는 학생 1만명이 올린 「영남만인소」가 있다. 1792년(정조 16년), 1855년(철종 6년), 1881년(고종 18년)에 영남에 있는 유생 1만 명이 연대 서명하여 사도세자의 억울함을 밝히는 것과 위정척사를 해야 한다고 주장한 것이다.

그때 조선의 인구를 감안할 때 1만 명이 연대 서명한다는 것이 얼마나 대단한 일이었을까?

행정하는 분들 이야기를 들어보면 우리나라는 일본보다 정부에 내는 진정서의 비율이 약 10배 정도 많다고 한다. 화(和)를 중시하는 일본은 가급적 다툼을 피하고 속마음은 다르더라도 무난하게 지내려하고, 우리나라 사람은 우리 10대조 조상이 판서를 역임했다는 것을 만방에 알리고 집안의 가풍과 삼강오륜에 기초한 나의 주장이 있다. 여기에 안 맞으면 비난과 진정서가 날아간다.

사회발전이나 재미있는 공동체 생활에는 어느 것이 나은지 모른다. 자기주장 없이 조용히 사는 게 나을지 모두까기를 당할지라도 할 말은 하고 사는 게 나을지.

옆에 붙어 있지만 일본과 한국은 재미있게도 너무 다르다.

—

면암 최익현(崔益鉉)의 도끼상소 / 김호석 作

이시다 바이간(石田梅岩)이 만들어낸 일본의 명인,
그 짝퉁인 한국의 장인

#23

일본 제품이 좋다는 인식은 세계적으로 퍼져 있다. 1970년대의 손목시계, 1980년대 워크맨이 그랬고, 내가 대학 다니던 시절 통계학 수업을 들으려면 샤프 전자계산기가 필수적이었다. 미국 유학을 가서 자동차를 살 경우 이것저것 따져 봐도 그나마 제값 받고 다시 팔 수 있는 차는 독일차나 미국차가 아니라 혼다나 도요다 같은 일본차였다. 현재에도 '메이드 인 저팬(Made in Japan)'이 찍힌 과자나 음식물을 맛있게 먹는 반면 '메이드 인 차이나(Made in China)'는 짝가가 아닌지 앞뒤로 훑어보게 된다.

이는 물건을 만들고 유통시키는 것도 하나의 도(道)를 닦는 행위라는 철학이 일본에는 성립되어 있기 때문이다. 그리고 그 최고점에 선 사람이 명인(名人)이다.

사농공상(土農工商)의 위계 질서가 분명하고 사무라이 무사계급이 일반인에 대해 생사여탈권을 가지고 통치했던 일본에서 어떻게 이런 철학이 성립될 수 있었을까?

이시다 바이간(石田梅岩, 1685~1744)이라는 상인 출신 철학자가 만든 것이다. 이시다 바이간은 빈농 출신으로 포목점에서 장사를 하면서 젊은 시절을 보냈다. 성실하고 장사수완도 좋아 포목점 점장까지 올라가지만 지적 열망에 초야에 묻혀 사는 학자 오구리 료운(小栗了雲)을 만나 참선과 수행 및 유불선 사상을 배운다. 이후 상인과 경제와 관련하여 자신의 사상체계를 세우는데 이것이 일본경제와 사회를 지탱하는 핵심 사상체계로 발전한다.

그 사상의 본질은 무엇일까?

> "상인이 권력과 결탁하여 부정축재를 하고 그 돈을 흥청망청 써 대는 것은 죄악이다. 그러나 성실, 근면, 절약하여 좋은 제품을 만드는 것은 나도 좋고 종업원도 좋고 소비자도 좋은 것이다. 그리고 사무라이가 녹봉을 받는 것이 당연하듯 상인이 성실, 근면하여 자기만의 기술로 이익을 취하는 것은 사무라이가 녹봉을 받는 것과 같다. 이런 부가 후지산처럼 쌓여도 자랑스런 일이다."

이는 자세히 들여다보면 서구 자본주의의 철학적 토대를 마련해 준 프로테스탄티즘과 놀랍도록 유사하다. 부자가 천국에 들어가는 것은 낙타가 바늘구멍 들어가는 것처럼 어렵다고 하여 부를 죄악시했던 서구 사회에 막스 베버(Max Weber)는 청부(清富)는 신의 은총이고 근면, 성실하여 부를 많이 쌓는 것은 신의 은총이 그만큼 크다는 증거라고 축재를 종교적으로 합리화 해 줬다.

그래서 이시다 바이간에 따르면, 사무라이가 주군에게 제대로 된 충(忠)을 다하기 위해 검술을 수련하고 항상 몸을 가다듬는 것과, 상인이 제품을 제대로 만들기 위해 새벽부터 노력하는 것은 같은 수행이라고 설파했다. 즉 우동 면발을 맛있게 뽑기 위해 새벽부터 노력해서 실제 소비자가 맛있게 느끼고 그 결과로 내가 돈을 버는 것은 훌륭한 상인일 뿐 아니라 이것이 사무라이처럼 도(道)를 닦는 것과 같다는 것이다.

그래서 일본은 3대째 우동집이 많고 동경대를 졸업하고도 할아버지와 아버지가 하던 스시집을 물려받는다. 자갈논을 팔아서라도 서울 유학을 시키고 남들 보기에 태가 나는 직업을 가져야 된다는 우리나라 문화와는 약간 다르다.

이시다 바이간의 사상은 당시에 상인뿐만 아니라 서민 대중에게도 깊은 공감을 일으켰다. 일반 서민 대중들은 자신들의 삶이 그냥 잠시 피었다가 떨어지는 꽃잎처럼 별 볼일 없는 삶, 사무라이의 부속품 정도라고 체념하며 살고 있었다. 그런데 이시다 바이간은 "네가 무슨 일을 하든지 일하는 것은 정신 수양이며 자기완성으로 나가는 도(道)를 추구하는 행위다"라고 정리해 준 것이다.

—

이시다 바이간(石田梅岩, 1685~1744)

—

칼을 차고 사무라이 복장으로 상인의 도를 설법한
이시다 바이간이 현세에도 활동하고 있다.
이시다 바이간의 생가가 관광코스화 되어 있다.(좌)

이시다 바이간은 자신의 사상을 『도비문답(都鄙問答)』이라는 책으로
저술하였는데, 상인과 일반 서민들의 반응이 대단해 10판이나 추가로
인쇄하고 그가 제창한 심학운동(心學運動)은 붐을 일으키게 된다.

"제업즉수행(諸業卽修行)."

제업(諸業)은 즉 수행(修行)이라고 설파한 것이다. 나의 모든 일은 인
격 연마이자 정신수행이며 이는 절대 가치인 도를 추구하는 행위와
같다.

—

「왜 명 경영자는 이시다 바이간을 배우는가?」
에도시대의 피터 드러커로부터 오늘날 배울 것, 근면, 정직, 시간엄수.
동경대 박사출신이 쓴 책을 미래의 일본 타이쿤이 들고 있다.

풀무질을 하는 대장장이도 칼을 만드는 모든 과정이 수련의 과정
이고 소바를 뽑는 사람, 농사를 짓는 사람도 다 수련을 하는 것이라
는 말이다. 기술도 완성되고 정신수양도 되고 거기서 대중에게 인정받
아 돈도 많이 번 사람은 이제 명인(名人)으로 탄생하게 된다. 일본은
각 분야에 명인이 많다.

조선은 어떠했는가?

'하늘 천(天)' '땅 지(地)'를 모르는 사람을 인격으로 대우한 적이 없다. 사농공상(士農工商) 중 그나마 농민이 조금 대우를 받았을 뿐 상인은 장사치, 공업에 종사하는 사람은 쟁이로 불리고 말았다. 못 만들면 혼나는 것이었지 잘 만들었다고 관(官)으로부터 대우받는 구조가 아니었다.

이삼평(李參平)이라는 공주 출신 도공이 임진왜란 중에 일본으로 끌려갔다. 일본에 정착하여 이름을 가나가에 산페이(金江三兵)로 바꾸고 사가현(佐賀縣) 아리타(有田)에 살면서 가마를 설치하고 도자기를 구웠다. 이 도자기가 아리타 도기라 이름지어져 아리타에서 12km 정도 떨어진 이마리(伊萬里) 항구를 통하여 일본 전국으로 퍼진다. 이 도자기는 파리 만국박람회에 출품되기도 하고 효자수출품이 되어 일본의 국부를 증가시킨다.

현재 아리타시(市)에는 150개의 도요(陶窯)와 250개의 도자기 상회가 있는데 아리타 시민들은 이삼평이 가마를 연 300주년인 1916년에 비를 세우고, 1917년부터 도자기의 조상으로 섬겨 도조제(陶祖祭)를 열어 추앙하고 있다.

조선이라면 가능했을까? 죽어서 이름 없이 공동묘지에 갔을 확률이 다분히 높은 삶을 살지 않았을까?

15~16세기경의 일본은 봉건제로 각 영주들이 서로 죽고 죽이는 전국시대였다. 무사들을 끌어 모아 힘을 갖추지 않으면 모든 걸 잃는 전쟁에서 농경지를 늘려 군자금을 대는 것은 한계가 있었다. 1526년 일본 혼슈섬의 시네마현에서 거대한 은광인 이와미은산(石見銀山)이 발견되었다. 그런데 문제는 이 은은 금덩이처럼 자연적으로 존재하는 것은 드물고 다른 금속에 섞여 있는데 이를 제련하는 것이 쉽지가 않았다. 지금이야 금값이 은값보다 70배 가까이 비싸지만 이집트 파라오 시대에는 이집트에도 제련법이 없어서 은은 다 수입품이었고 은이 금보다 더 귀하게 취급되기도 했다.

이때 조선 함경도의 단천에서 은을 제련시키는 획기적인 기술이 고안되었다. 단천의 은광은 납과 은이 혼합된 광물이었는데 은과 납의 끓는점과 녹는점, 비중의 분리를 이용해 효율적으로 은을 분리해 내는 단천연은법을 성공시킨 것이다.

『조선왕조실록』의 「연산군일기(1503년, 연산 9년 5월 18일)」에 이런 대목이 있다.

"양인 김감불(金甘佛)과 장예원 노비 김검동(金儉同)이 납으로 은을 불려 바치며 아뢰기를, '납 한 근으로 은 두 돈을 불릴 수 있는데, 납은 우리나라에서 나는 것이니, 은을 넉넉히 쓸 수 있게 되었습니다. 불리는 법은 무쇠화로나 냄비 안에서 매운 재를 조각조각

끊어서 그 안에 채운 다음 깨진 질그릇으로 사방을 덮고 숯을 위 아래로 피워 녹입니다'라고 아뢰니, '시험해 보라'고 하였다."

회취법(灰吹法)이라고 불렸던 이 기술은 서양의 제련술보다 효율적이다. 남미를 정복한 스페인이 지금의 볼리비아 포토시에서 은을 제련하기 위해 수은을 이용한 아말감 기법을 썼는데 수은에서 나온 독기 때문에 은광산에서 사망한 인디오가 8백만 명에 달했다.

조선은 이 회취법을 사장시킨다. 은광도 폐쇄해 버린다. 그 와중에 이 회취법이 일본에 전해지고 일본 이와미은산에서는 세계에서 가장 효율적으로 은이 생산되기 시작한다. 그 당시 중국 청나라는 은본위제를 취하고 있었고 은은 세계적으로는 기축통화의 역할을 하고 있었다.

16세기 중반 일본은 남미를 점령하여 포토시 은광을 소유하고 있는 스페인에 이어 세계 2위 은 생산국으로 등장했다. 임진왜란 직전인 16세기 말, 이와미 광산을 비롯, 일본산 은은 전 세계에서 생산된 은의 3분의 1을 차지했다.

이와미 은광은 전국시대 영주들이 뺏고 뺏기는 싸움을 계속하다가 최후에는 모리가문이 소유하게 되고 모리가문은 도요토미 히데요시에게 복속되어 결국 은광은 도요토미 히데요시의 소유로 들어간다. 은광으로 군자금을 확보하게 된 도요토미는 1591년 조선, 대만, 필리핀, 인도에 사신을 보낸다. 그리고 세계를 향해 외친다.

"명(明)을 칠테니 조선은 길을 제공하라(征明假道)"

조선은 어찌 됐을까?

1507년 회취법이 금지되고 1516년에 단천은광은 폐쇄된다. 김감불과 김검동이 어찌 되었는지는 나도 모른다.

일본에서 명인(名人)이 나오고 '메이드 인 저팬(Made in Japan)' 신화가 세계를 휩쓸 때 우리나라에 장인(匠人)이라는 용어가 등장했다. 도공이 그릇을 굽다가 마음에 안 들면 공들여 구운 도자기를 깨어버리고 다시 요(窯)의 온도를 맞춰 그릇을 굽는다. 마음에 들 때까지 열과 성을 다해 정신수양을 하듯 도자기를 구워 낸다. 이것이 우리가 아는 장인정신(匠人精神)의 요체이다. 조선에 그런 문화가 있었는가? 현대를 살아가는 우리는 그런 마음으로 물건을 만들고 내 업(業)에 임하는가?

안동 김씨(安東金氏)면 안동 김씨지
구(舊) 안동은 뭐고 신(新) 안동은 뭐지?

24

조선시대 후기 세도정치로 정권을 장악했던 집안은 안동 김씨 집 안이다. 인물들이 출중하여 영의정과 판서를 두루 역임하였을 뿐 아니라 안동 김씨 일족의 경제력이 대단하였다. 안동 김씨니 고향이 안동일 것이고 안동은 조선 집권층의 근거지라는 추론이 자연스럽게 나온다. 실제 5·16 후 한국 사회의 주류 계층이 TK로 등장하면서 조선 500년간 그리고 현재에도 한국 사회는 영남권이 주도를 한다고 보여질 수도 있다.

그런데 영조 때 이인좌의 난이 일어난 이후 영남에서 판서 이상을 한 사람은 없다고 한다. 대원군이 집권한 후 유성룡의 후손 유후조만 좌의정으로 등용했다고 한다. 안동 김씨가 세도정치를 했다는데 도대체 무슨 일인가?

경상북도 안동에는 하회 류씨 집성촌이 세계적으로 유명하다. 양반마을로 하회마을이 있고, 영국 엘리자베스 여왕이 방문하기도 했으며, 미 국무장관 중에도 한국을 방문했다가 하회마을을 둘러보고 간 사람들이 꽤 있다. 하회마을에서 발생한 하회탈을 쓰고 하는 탈놀이는 조선시대 양반을 풍자하는 것으로 가득하다. 정권을 장악하고 있는 안동에서 정권의 중추인 양반들을 비판하고 풍자한다는 것이 논리적으로 정서적으로 가능한 일일까?

결론적으로 이야기하자면 같은 '안동 김씨'라고 호적에 나오지만 완전히 다른 씨족인 안동 김씨가 있어 편의상 '구(舊)' 안동과 '신(新)' 안동으로 나뉘어 불린다. 그리고 '신(新)' 안동은 조선의 집권세력이지만 '구(舊)' 안동 김씨와 영남선비들은 영조 때 발생한 이인좌의 난 이후 정계에서 완전히 소외되어 버린다.

고려는 불교의 나라였다. 왕자도 출가하여 승려가 된 분들이 많으니 불교 중에서도 귀족불교 중심이고 승려에 대한 처우도 좋았다. 조선은 절의 폐단을 보고 자란 유학 중심의 신진사대부가 만든 나라였다. 태조 이성계를 도와 개국한 정도전은 왕도 사대부, 선비도 사대부로서 같이 유학을 공부하며 민본의 정치를 이뤄야 한다고 생각했다.

선조 시절 조선에 두 명의 거대한 유학자가 나타나는데 퇴계 이황(1501~1570)과 율곡 이이(1536~1584)이다. 둘 다 성리학의 대가이지만 '이(理)'와 '기(氣)'에 관하여 이황은 주리론(主理論)을 이이는 주기론(主氣論)을 취하여 성리학에 있어서는 선의의 라이벌이었다. 그러나 제자들이 모이고 세월이 흘러가면서 토론을 통해 성장하는 건전한 학풍은 사라지고 이이의 제자들은 경기도와 충청도 중심의 서인으로 모이고, 이황의 제자들은 경상도 중심의 동인으로 갈라져 처음에는 학풍에 따른 붕당을 형성하게 되었다.

이 와중에 정여립(1546~1589)이 역모를 일으킨 사건이 드러나고, 서인 송강 정철(1536~1593)이 이 사건을 처리하면서 동인 1,000여 명을 형장의 이슬로 보내버린다. 이후 동인은 분파하여 북인과 남인으로 나뉘고, 서인은 노론과 소론으로 나뉘는데 이후 조선사는 기호지방(경기도와 충청도)을 중심으로 한 노론 집권파와 영남지방을 근거지로 한 남인이 야당역할을 하는 것으로 한일합방 때까지 전개된다.

영남 출신 남인을 더 쪼그라들게 만든 것은 1728년(영조 4년)에 발생한 역모였다. 청주에서 이인좌가 반란을 일으켰는데 내건 기치가 영조의 역린을 건드는 내용이었다. 영조가 숙종의 아들이 아니라 서인 김춘택의 아들이라는 것이다. 영조의 생모이자 궁의 노비였던 최 무수리가 사통하여 나은 아들이니 폐하고 적통인 밀풍군 이탄으로 바꿔야 한다는 것이다. 어머니가 궁의 노비인 무수리 출신이라는 영조의 콤플렉스를 정통으로 건드린 것이고, 여기에 경상도 남인들이 대거 반란의 주축군으로 참여했다. 이인좌를 능지처참한 후 영조는 영남을 평정했다고 하는 뜻의 「평영남비(平嶺南碑)」를 세운다.

이후 영남에서 올라오는 공물은 독이 들어 있을 수 있다고 하여 입에도 대지 않았다고 한다. 영남을 근거지로 하는 남인은 이후 관직 진출이 막혀 버린다. 조선 왕조 관료의 인선을 담당하는 이조에서는 과거시험에 제출하게 되어 있는 족보를 분석하여 이인좌와 관련된 응시자들에 대해서는 아예 응시 기회조차 박탈해 버렸다.

그래서 경상북도 안동에 남아 남인으로 반역향의 서러움을 그대로 받은 안동 김씨는 구(舊) 안동이라 부르고, 이와는 완전히 피가 다르고 조상도 다르지만 같은 안동을 본향으로 쓰는 사람들은 신(新) 안동 김씨라 불린다. 신 안동 김씨의 출발은 안동이었으나 일찌감치 출향하여 주로 경기도와 서울에서 살았는데 지금의 효자동 근처인 장동에 살아 장동 김씨로도 불린다. 흥선대원군이 안동 김씨 세도정치에 당하고 눈치보고 복수를 꿈꿨던 사람은 서인에서 분파한 노론의 장동 김씨인 것이다. 구(舊) 안동 김씨가 아니었다.

이 노론과 남인의 대척과 기 싸움은 살벌하여 복장에서부터 차이가 났다. 저고리 길이나 팔소매 모양새 등에서 노론인지 남인인지가 구별되었고, 1980년대까지만 해도 인사동 찻집에 노론의 후예가 주로 모이는 곳과 남인의 후예가 주로 모이는 곳으로 나뉘어져 있었다 한다.

1910년 한일합방이 됐다. 일제는 협력한 조선의 대신들에게 서양식 후작, 백작 등의 작위를 내리고 은혜로운 돈이라는 은사금을 내려줬는데 작위와 은사금을 받은 76대신 중 노론 출신이 상당했다. 조선의 황제는 자결을 택하지 않고 이왕(李王)으로 내려앉는다. 이후 작위를 받은 양반 중 그나마 8명이 작위를 반납하여 68명이 된다. 3·1 운동 시 민족대표 33인 중에는 유학자가 한 명도 들어가 있지 않다.

"충청도 양반"

이 말은 충청도 사람들이 성격이 느긋하여 붙은 표현이 아니고 조선 후기 집권층인 노론의 중심 지역이 충청도라 붙인 것이다. 그래서 우리나라에는 다른 나라와 같은 엘리트의 전통이 약하다. 우리 집이나 그대들 집이나…

구(舊) 안동과 신(新) 안동은 동성동본 금혼규정이 있을 때에도 당연히 금혼의 대상이 아니었다. 완전히 다른 가문이니까.

6·25가 일어나면서 그나마 반상(班常)의 구별 같은 것도 없어졌다. 일단 살아야 할 것이며 기록도 없어지고 죽음 앞에서는 누구나 똑 같았다. 이후 5·16 주도 세력은 경제개발을 대구 중심으로 한다. 그래서 대부분의 SOC 시설이 대구·경북 지역을 중심으로 설치되었다.

지난 과거를 현재의 눈으로 옳고 그름을 따져서는 안 된다고 본다. 지금도 영남의 시골마을에 가보면 무덤에 있는 비석의 묘갈(墓碣)에 이인좌의 난을 무신혁명(戊申革命)이라 언급하며 옳으니 그르니를 기록한 비문들이 간혹 보인다.

그건 그냥 그대로 두고 역사는 세우지도 말고 눕히지도 말고 우리는 새 시대를 살아가면 된다.

에필로그(Epilogue)

많은 분야를 두서없이 써 봤다.

글을 쓰는 것은 어렵다. 그리고 좋지 않은 글을 읽기는 더욱 어렵다. 이 어설픈 지식이 활자화되고 책으로 나온다는 것은 개인적인 영광이나 혹시 잘못되지나 않을까하는 불안감이 더 하다.

용케 팔린다고 하여도 라면이나 된장찌개 그릇을 받치는 용도로 혹시 쓰이지나 않을까 하는 두려움이 온몸을 휩싼다. 그럼에도 써봤다. 이 어설픈 지식이나마 그런대로 정리해 보고 싶었다. 그리고 이것이 세계로 나가 활동하려는 사람들에게 약간의 도움이 되어 그들이 금자탑을 쌓는 데 기여했으면 하는 바람도 있다.

야만이 빚어낸
최고의 문화상품 **커피**와
크라상

초판 1쇄 발행 2019년 8월 20일 / **2쇄 발행** 2019년 10월 7일 / **3쇄 발행** 2020년 7월 27일

글 박장호 / **발행인** 김윤태 / **교정** 김창현 / **북디자인** 디자인이즈
발행처 도서출판 선 / **등록번호** 제15-201 / **등록일자** 1995년 3월 27일
주소 서울시 종로구 삼일대로 30길 21 종로오피스텔 1218호 / **전화** 02-762-3335 / **전송** 02-762-3371

값 15,000원
ISBN 978-89-6312-589-3 03810